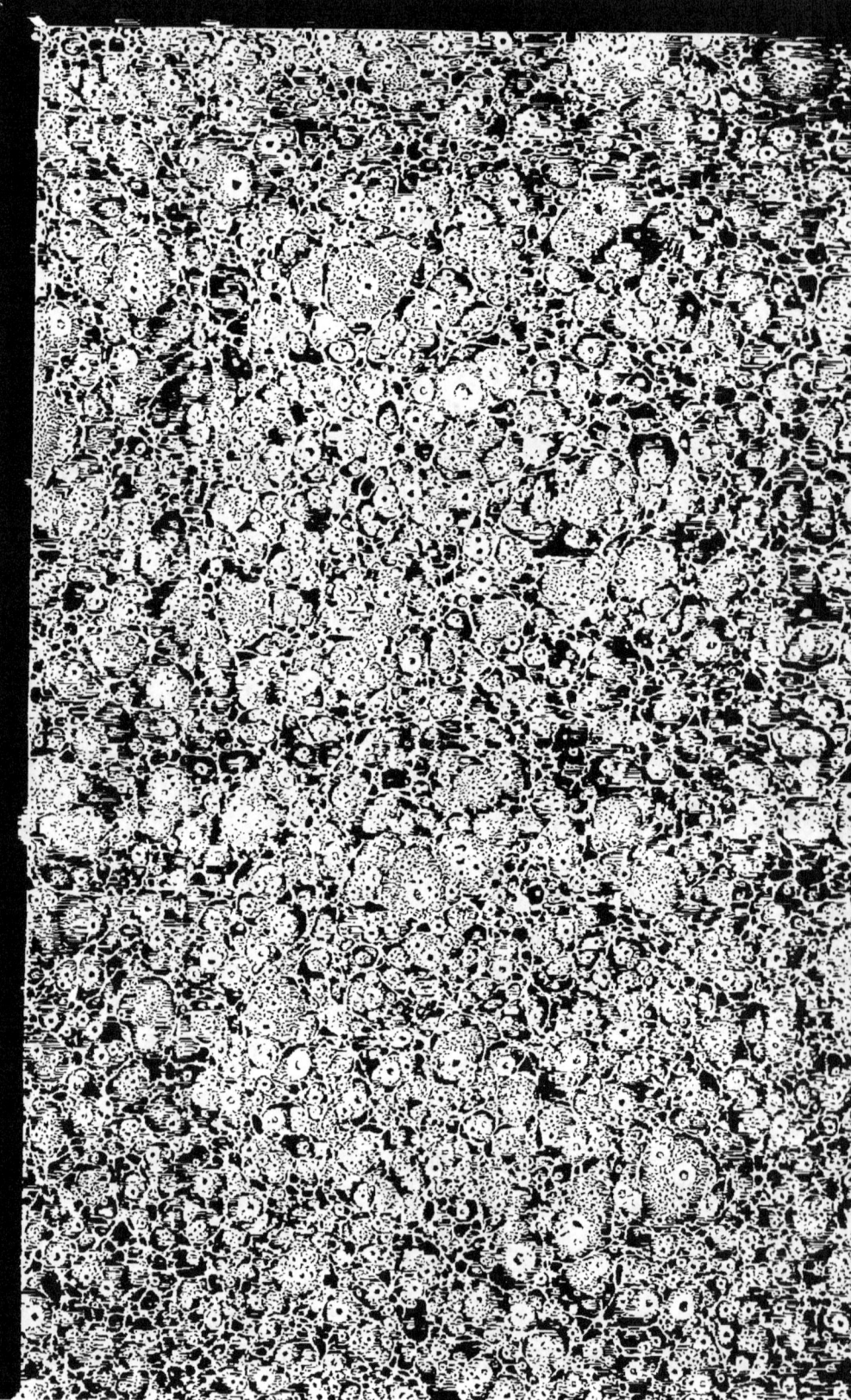

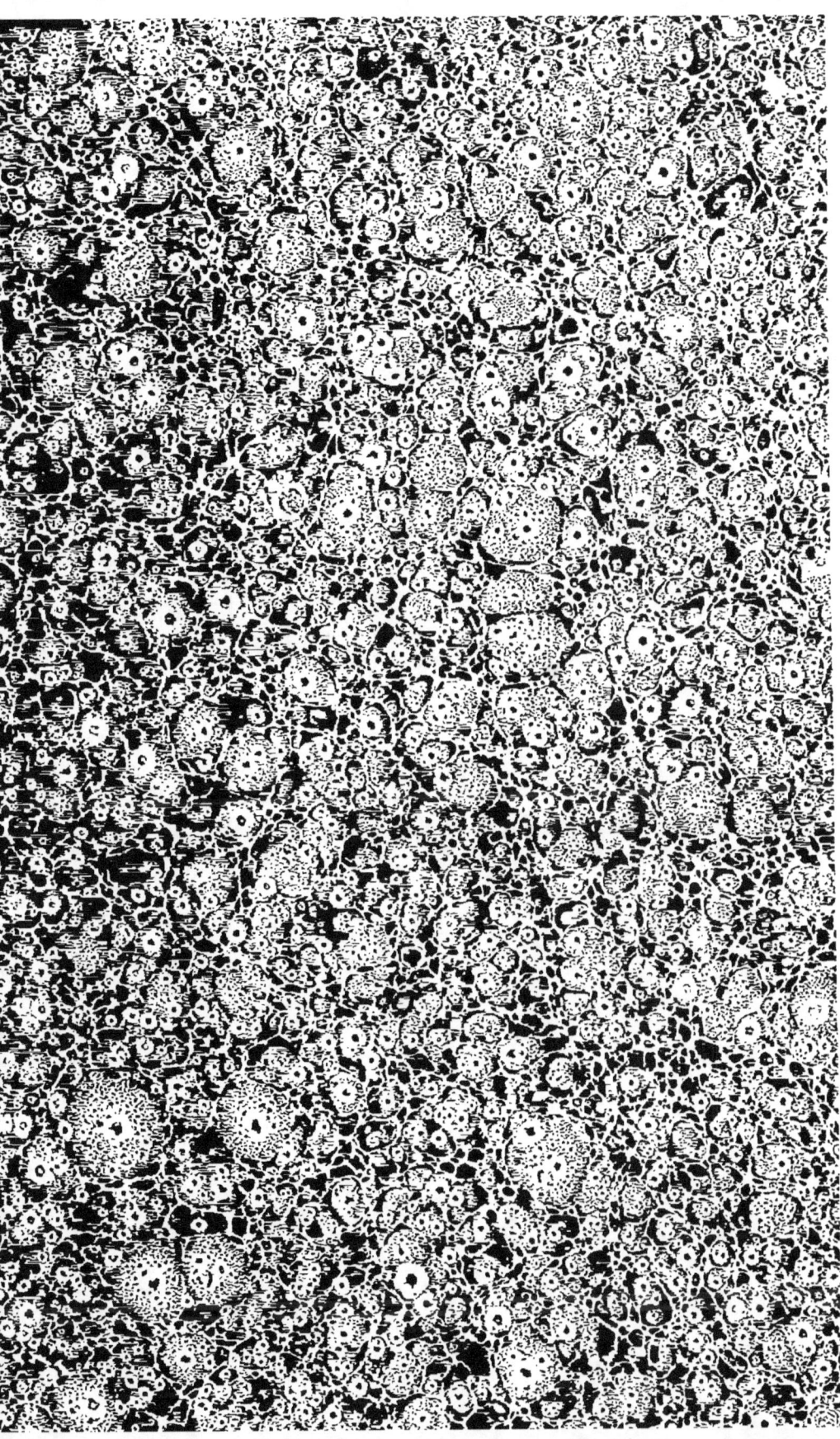

OPUSCULES RELIGIEUX ET POÉTIQUES.

MARSEILLE. — IMPRIMERIE MARIUS OLIVE, RUE PARADIS, 47.

OPUSCULES

RELIGIEUX ET POÉTIQUES.

MARSEILLE,

MARIUS OLIVE, RUE PARADIS, 47.

1847.

AVANT-PROPOS.

QUEL est l'auteur qui ne peut être utile par ses écrits, soit en instruisant soit en amusant ? Aucun, pas même moi, à qui il ne vînt dans l'idée de devenir auteur poétique, que parce que j'étais assuré que je pouvais compter sur un lecteur, ma fille chérie ; mais il me sera peut-être dit : et si elle était peut-être de moitié dans vos compositions. Or, fût-ce, je répondrai négativement, mais qu'en étant le motif déterminant, il était tout naturel qu'elle dût être consultée quant au choix des pièces à traiter.

De là il dut s'ensuivre que l'idée religieuse dut pré-
dominer partout dans le fond et dans la forme, et que,
plus tard, je me hasardai à composer un drame bibli-
que, celui de *Ruth et Noëmi*, d'après son imitation,
et qu'à sa mort, si lamentable pour son père et sa
mère, voulant continuer la même suite de composition, c'est-à-dire, à m'occuper de ma fille morte,
comme jadis je m'étais occupé de ma fille vivante, je
pris le parti de m'exercer sur l'Office des Morts, en
traduisant les leçons sur la mesure des grands vers,
et les psaumes sur le pied de quatre vers de huit sylla-
bes pour chaque verset, ce qui les rend propres à être
psalmodiés.

Telle est et fut la cause déterminante des Opuscules
en question. Le motif fut ma fille; comme mon public
devait être ma fille, mon consulteur à consulter ma
fille, et toujours ma fille. Mais que dut-il s'ensuivre
après mon malheur, et la traduction faite de l'Office
des Morts, qui fut une occupation salutaire à mon esprit? Il dut s'ensuivre que je déviais de cette route,
et que je laissai là et les vers et leur charme.

J'avais perdu courage, je n'étais plus stimulé par le même motif; d'autre part, je ne croyais pas mes vers dignes des personnes d'un goût châtié, délicat, exercé; et comme je croyais ne devoir m'adresser qu'à eux, et ne réfléchissant pas que, comme il est divers degrés de bonne et de médiocre composition, il est aussi bien de lecteurs qui peuvent prendre plaisir à la lecture d'une composition d'un moyen terme de valeur, je fus conduit à prendre le parti de condamner à l'obscurité du porte-feuille mes œuvres poétiques et religieuses, et je crus avoir pris en cela une résolution sur laquelle je crus ne devoir plus revenir.

Dans l'état des choses, je lus un livre de M. Veuillot, les *Pèlerinages en Suisse*, dont l'épigraphe me donna à penser; elle était prise d'un ouvrage de M. J. de Maistre et se trouve énoncée de cette manière :

Nous touchons à la plus grande des époques religieuses où tout homme est tenu d'apporter, s'il en a la force, une pierre pour l'édifice auguste dont les plans sont visiblement arrêtés; la mé-diocrité des talents ne doit effrayer personne... L'indigent qui ne sème dans son étroit jardin que l'anis, la menthe et le cumin, peut élever avec confiance sa première tige vers le ciel.

Le comte J. DE MAISTRE.

Cette épigraphe me donna à penser, et je me disais :
toi aussi eus pu, par la direction soignée que tu don-
nais à ta fille, te rendre utile à la société chrétienne,
en lui offrant en elle la quote-part du tribut que M. de
Maistre soutient que chacun lui doit, et il n'est de ma
part rien de trop de présumer qu'elle eût répondu à
l'idée que j'en donne; quelques jours de maladie, et
puis la mort survenue ont anéanti à plein les belles
espérances; ma fille a été fauchée comme le lis de la
vallée; rien n'a survécu d'elle hors son bon souvenir,
quelques morceaux traduits, quelques lettres aimables
et instructives. C'est à peu près tout.

Il est vrai que je pourrais juger comme provenant
d'elle, ainsi que de leur première cause, tous les *Opuscules religieux et poétiques* composés à son occasion
ou d'après son désir, et que les offrir comme le tribut
que M. de Maistre soutient que chacun est tenu d'acquitter, ce serait payer à la fois la quote-part du père
et celle de la fille, et sur ce, voilà le projet qui me sourit, et ainsi dit ainsi fait. Telle est la filière des cir-
constances déterminantes au sujet de la publication de

mes *Opuscules religieux et poétiques;* puissent-ils trouver grâce aux yeux des personnes pieuses, quant au fond de l'œuvre et en faveur du motif.

Il est un autre résultat tout aussi important et peut être plus encore, qui à la suite de quelques succès que pourraient avoir mes *Opuscules poétiques* auprès des personnes pieuses, pourrait tourner à la plus grande gloire de Dieu et au bien-être religieux d'une population chrétienne; il devrait s'agir, en ce cas, de la reconstruction de l'Eglise de mon pays natal et de lui attribuer les sommes qui pourraient provenir, en sus des frais d'impression, de la vente de tous les exemplaires. J'énonce ici mes intentions, puissent-elles réunir des suffrages nombreux. Combien, en ce cas, je m'estimerais heureux ; j'atteindrais à deux buts à la fois propres tous les deux à contribuer au bonheur moral et religieux de l'homme. Cette destination ne saurait éprouver d'atteinte, qu'on veuille bien y croire.

J'ai exposé les motifs principaux qui ont pu me porter à poursuivre la tâche dont s'agit; l'exemple y est aussi pour quelque chose. Des auteurs divers se sont exercés sur de semblables sujets religieux : il suffira de citer en première ligne saint Grégoire, qui, voulant obvier à la défense de l'empereur Julien, aux chrétiens, d'étudier les différents arts libéraux dans les auteurs profanes, prit le parti d'écrire en vers sur des sujets de l'ancien et du nouveau testament, comme sur les sujets et les cérémonies du culte chrétien.

Or, l'exemple est une bonne chose de la part d'un auteur renommé comme saint Grégoire de Nazianze. Mais de l'exemple à l'inspiration de sa part il y a loin. Je ne balance pas à le reconnaître, sans me laisser pourtant dominer par ces idées contraires à ma résolution prise : *habent sua fata libelli*. Le sort en est jeté allez donc mes vers, mettez-vous en évidence par vous-mêmes, si cela vous est donné ; n'attendez pas de vous voir étayés par des réclames, des appuis inattendus : un seul espoir peut vous rester et vous sourire, celui de voir se réaliser pour vous et en vous la conséquence du conseil donné par M. de Maistre. Amen.

'RHUT & NOËMI,

DRAME BIBLIQUE EN TROIS ACTES.

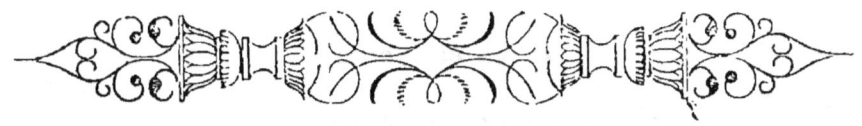

RHUT & NOÉMI,

Drame Biblique en trois actes.

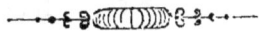

ACTE PREMIER.

SCÈNE PREMIÈRE.

NOÉMI ET RUTH.

NOÉMI.

TERRE de ma patrie, ô chère Bethléem !
Après tant de malheurs je te revois enfin.
Quel moment pour mon cœur ! je sens couler mes larmes :
Mon état, cependant, n'est pas sans quelques charmes ;

Et s'il n'est plus pour moi de plaisir, de bonheur,
Ton aspect peut encor intéresser mon cœur.
Tu t'élèves toujours au-dessus des campagnes ,
Ton ruisseau coule encor du haut de tes montagnes
Et porte dans tes champs le tribut de ses eaux ,
Tes oliviers toujours tapissent tes coteaux ,
En toi rien n'est changé , partout même paysage ,
Mêmes champs, mêmes toits, même aspect, même ombrage.
Si tel des habitants pouvait être le sort !
Mais, hélas! où peut-on échapper à la mort ?
Quand je quittai ces lieux, il y a bien des années ,
Pour suivre d'un époux les tristes destinées ,
Deux fils, tout notre espoir, accompagnaient nos pas ;
Ils ont tous succombé sous la faulx du trépas ,
Loin de ces bords chéris, témoins de leur enfance.
Tout me rappelle ici leur douce souvenance.
C'est là qu'Elimelech me vint offrir sa main.
Mes parents près d'ici conclurent notre hymen.
Sous ces arbres touffus , sous leur épais feuillage ,
Je voyais folâtrer mes enfants en bas âge.
Plus grands, de ce vallon ils dirigeaient les eaux ,
Cultivaient l'olivier sur nos riants coteaux.
Mais toi, ma bonne Ruth, qui loin de ta patrie ,
Avec tant de constance en ces lieux m'as suivie ,
Tu ne trouveras point ici de souvenir.

RHUT.

De nos jours sur ces bords quel que soit l'avenir,
Je ne puis regretter en ces lieux, étrangère,
De mon cher Malsalon d'avoir suivi la mère :
Orpha n'est point venue, aux dieux de son pays
Son cœur en hésitant s'est de nouveau soumis.
Devais-je l'imiter, concevoir la pensée
De vous voir dans Juda retourner délaissée?
Oh ! non, je ne dus pas balancer un instant :
En suivant Noémi, je suivais mon penchant.
Aujourd'hui, pour toujours, au sein de ta patrie,
Je promets de nouveau de te vouer ma vie,
Ton Dieu sera mon Dieu, ton pays mon pays,
Et quand la mort viendra te rejoindre à tes fils,
Toujours prête à subir la loi de la nature,
J'irai bien près de toi marquer ma sépulture.

NOÉMI.

Oh ! ma fille, combien dans mon abaissement
J'ai connu tout le prix de ton attachement.
Daigne du Tout-Puissant la sagesse éternelle
Récompenser pour moi ton amour et ton zèle ;
Il ne m'est plus donné de pouvoir désormais
Te prouver mon amour, sinon par des souhaits :
Lorque loin de Bethléem chassés par la famine,
Moab nous préserva d'une entière ruine,

Le champ de mon époux nous restait en ces lieux ;
Ce toit, notre seul bien , le champ de ses aïeux.
Dans nos jours de bonheur ce modeste héritage,
Par les travaux soignés d'un fréquent labourage,
Pouvait seul satisfaire amplement nos besoins.
Il doit être couvert de ronces, de broussailles,
Le terrain doit croûler ainsi que ses murailles ;
La vigne aura péri, de même le figuier,
A peine doit survivre encore l'olivier ;
Ceux dont les mains jadis en cultivaient la terre,
Pour toujours du tombeau reposent sous la pierre.
Si quelqu'un de ce champ voulait être acquéreur,
Son prix allègerait notre commun malheur.
Mais à qui s'adresser, quel est l'homme propice
Qui se disposerait à nous rendre service ;
Autrefois nous avions des amis, des parents ,
Mais depuis lors, hélas ! combien de changements !
Et s'il en est encor qui survivent peut-être ,
Pourront-ils, voudront-ils encor me reconnaître ?

RHUT.

S'ils méprisent les droits d'une ancienne amitié ,
Si leur cœur ne doit point s'ouvrir à la pitié,
Ton Dieu que tu me dis si bon , si secourable ,
Voudra bien nous jeter un regard favorable,
Demandons lui surtout, invoquant sa bonté ;

Qu'il veuille pour longtemps nous garder la santé.
Le travail n'a jamais abattu ma jeunesse :
Il sera pour nous deux encor notre richesse :
Son produit suffira j'espère à nos besoins.

NOÉMI.

Mais pour toi, bonne Rhut, que de peine et de soins.

RHUT.

Ils ne sauraient jamais m'inspirer de tristesse.

NOEMI.

Où trouver ici-bas une telle tendresse ?

RHUT.

Oui, j'en suis capable et je mets mon bonheur
A pouvoir mériter une place en ton cœur.

NOÉMI.

Et quel autre que toi puis-je aimer sur la terre ?
Tu me tiens lieu de tout dans ma tristesse amère ;
Sans enfants, sans époux, toi seule, chère Rhut,
Seras de mes pensers le seul et tendre but.
Ah! si le Ciel devait, propice à ton mérite,
Te donner pour époux un autre Israélite,
Ah! combien j'aimerais ton époux, tes enfants :
Au milieu de vous tous dans mes derniers moments,

En te laissant heureuse au sein de ma patrie,
Je verrais sans regret le terme de ma vie,

RHUT.

L'Eternel, tu me dis, fait seul notre destin,
S'il réserve encor Rhut pour un nouvel hymen,
Et si je puis par là soulager ta vieillesse,
Sans oublier jamais l'époux de ma jeunesse;
Je pourrais consentir une seconde fois
A suivre les destins d'un époux de ton choix.
Mais laissons maintenant de semblables pensées,
Dans notre triste état par le besoin pressées,
Nous devons au plus tôt s'empresser d'y pourvoir.
On commence à couper les blés dans ce terroir,
Dirige tes regards en bas vers ce domaine,
Vois-tu tous ces ouvriers moissonner dans la plaine?
Si tu le permettais, sans attendre à demain,
J'irais glaner l'épi qui tombe de leur main.
J'ai l'espoir que ton Dieu, touchant le cœur du maître,
De glaner dans ses champs il voudra le permettre

NOÉMI.

Tu le veux, j'y consens, ce n'est pas sans regret :
Mais peut-être le Ciel t'inspire ce projet :
Va, ma fille, et bientôt reviens près de ta mère;
Que durant ton absence un ange tutélaire
Te protège sans cesse et dirige tes pas.

RHUT.

Invoque aussi ton Dieu.

NOÉMI.

Je n'y manquerai pas.

~~~~~~~~

8CÈNE DEUXIÈME.

NOÉMI, NÉRIE.

NOEMI.

Protecteur d'Israël, divine Providence,
Contre tes ennemis protège l'innocence ;
Jette un regard sur Rhut, j'implore ton secours :
Préserve de tout mal ce soutien de mes jours ;
Ouvre-lui, Dieu puissant, le trésor de tes grâces,
Mets un terme, Seigneur, à toutes nos disgrâces,
Et dans notre malheur, ne m'abandonne pas.
Mais j'aperçois quelqu'un qui porte ici ses pas,
Elle avance, elle hésite; approchez, mon amie...
Quelle douce candeur dans sa physionomie,
Sans doute en ce pays vous reçûtes le jour?

NÉRIE.

Toujours de mes parents ce lieu fut le séjour,

NOÉMI.

Vos parents, qui sont-ils ?

NÉRIE.

Jonathas est mon père,

NOÉMI.

Et Rachel serait donc le nom de votre mère ?

NÉRIE.

Justement, c'est Rachel, mais la connaissez-vous ?

NOÉMI.

J'ai connu votre mère ainsi que son époux.

NÉRIE.

Je ne vous connais pas, je suis pourtant leur fille ;
Je ne vous vis jamais auprès de ma famille.

NOÉMI.

J'étais loin de ces lieux quand vous vîtes le jour
Et toujours depuis lors Moab fut mon séjour ;
Je viens de le quitter au déclin de la vie :
Où peut-on être mieux qu'au sein de sa patrie ?

NÉRIE.

De vous voir dans Bethléem je comprends le bonheur.

NOÉMI.

Il ne cessa jamais d'être cher à mon cœur.

NÉRIE.

Pourquoi l'avoir quitté ?

NOÉMI.

Une famine extrême
Régnait dans ma patrie et dans Israël même.

NÉRIE.

Ah ! j'entends, vous étiez parmi ces malheureux
Qui se virent contraints d'abandonner ces lieux;
Que de fois mes parents, rappelant vos alarmes,
Sur votre triste sort ont répandu des larmes.
Quelle ne sera point leur joie en vous voyant.

NOÉMI.

Leur cœur ne peut changer.

NÉRIE.

Il est si bienveillant,
Oh ! comme je suis aise en cette circonstance
De ne plus éprouver l'embarras de l'absence,
Je n'aurais point été la première à vous voir :
Mais j'ai hâte d'aller m'acquitter d'un devoir,
Où plus tôt de retour, de suite en ma demeure,
Je vais vous emmener ma mère tout à l'heure.

SCÈNE TROISIÈME.

———

NOÉMI.

Le Ciel enfin pour nous adoucit sa rigueur,
Je sens naître l'espoir dans le fond de mon cœur.
Rachel existe encor, je retrouve une amie,
Dès mes plus jeunes ans compagne de ma vie;
Son cœur assurément n'aura point oublié
Nos doux épanchements, notre ancienne amitié;
Ses vertus, sa bonté, tout me porte à le croire.
Noémi reste encor empreinte en sa mémoire.
Ah! du moins quand le Ciel, disposant de mes jours,
Je recevrai de Rhut les adieux pour toujours,
La séparation en sera moins amère,
Si Rhut trouve en Rachel une nouvelle mère.
Chère enfant, voilà tout ce que peut aujourd'hui
La pauvre Noémi : t'assurer un appui
Auprès de qui trouvant un asile propice,
Tu puisses des méchants repousser l'injustice.
Fut-il jamais un cœur aimant comme le tien;
Des jours d'un malheureux le vigilant soutien.
A peine sommes-nous au sein de ces montagnes,
Tu pars et pour glaner au loin dans ces campagnes.
Ni la chaleur du jour, sous un soleil brûlant,
Des moissonneurs du lieu le propos insultant,

Ni de leurs mots grossiers la raillerie amère .
Si souvent prodigués envers une étrangère :
Rien n'a pu te porter à différer d'un jour.
C'est toujours de ta part mêmes soins, même amour.
Mais en moi, tout−à−coup, quel penser me révèle
Que Dieu saura bientôt récompenser ton zèle?
Serait−ce du Ciel même un avertissement,
Ou n'est−ce de mes vœux qu'un pur entraînement?
Je flotte dans le doute et ce doute m'afflige.
Jéhovah, toi jadis qui préservas Moyse
De dangers imminents, quand sur les bords du Nil,
Sa mère en l'exposant mit ses jours en péril.
Toi qui par des chemins que toi seul peux connaître ,
Des destins d'Israël sus te rendre le maître :
Qu'est-ce l'homme en tes mains, comme au gré du potier
L'argile sous ses doigts toujours prête à ployer.
Comme ces éléments dont lui seul sait l'essence,
Ministre tour−à−tour de bonté, de vengeance :
Eh! bien, d'agir sur nous Dieu saint empresse-toi ;
Que ton vouloir tout seul soit notre unique loi.
Faut−il mourir, mourons... Faut-il dans la détresse
Voir s'écouler encor les jours de ma vieillesse,
Qu'il me soit fait ainsi ; mais ma Rhut, ô Seigneur !
Permets-moi ce désir, sauve-la du malheur.
Je te demande plus, ici-bas, par avance,
Reconnais ses vertus par quelque récompense.

SCÈNE QUATRIÈME.

NOÉMI, NÉRIE, ensuite RACHEL.

NÉRIE.

A grands pas j'ai couru vers le toit paternel
Annoncer ta venue à ma bonne Rachel :
Mais juge quel chagrin à ma joie a fait place,
Quand je n'ai pu lui dire et ton nom et ta race.
Je ne savais comment me tirer d'embarras.
Interdite j'allais retourner sur mes pas,
Lorsqu'enfin approchant d'une mère chérie,
Ecoute la nouvelle apportée par Nérie,
Une femme dont l'âge penche vers le déclin
Vient de m'entretenir, elle est près du chemin.
De Moab en ce lieu tantôt elle est venue,
Dans un temps plus propice elle te fut connue,
De Juda encor jeune elle sortit jadis,
Forcée par la famine à quitter le pays.
A ces mots, sans vouloir m'écouter davantage,
Soudain Rachel se lève et quitte son ouvrage,
Mais tandis qu'elle vient sans doute t'embrasser,
Précipitant mes pas, j'ai su la devancer.

NOÉMI.

Mon enfant, à Rachel que tu dois être chère.

NÉRIE.

Oui, j'ai ma bonne part aux bontés de ma mère,
Voilà qu'elle paraît et s'avance vers nous.

NOÉMI.

O fortuné moment !

NÉRIE.

La reconnaissez-vous ?

NOÉMI.

Oui, c'est bien là son port, sa taille et son visage ;

(Nérie s'avance vers sa mère.)

Sur lui le temps à peine a marqué son passage.
Et moi suis-je encor moi, triste effet du malheur ;
Je pourrais en douter si ce n'était mon cœur.
De tous ses mouvements sachons nous rendre maître,
Rachel en s'approchant voudrait me reconnaître.
Elle se presse moins et son pas ralenti
Dit qu'elle perd l'espoir qu'elle avait pressenti.
Hélas ! se peut-il donc que le malheur m'accable
A tel point qu'à ses yeux je sois méconnaissable ?
Détournons ces pensers et nommons-nous soudain,
Mais aussi de Rachel quel sera le chagrin !
...Encor quelques instants contenons notre joie,
...Pour épargner son cœur essayons quelque voie
Qui puisse l'amener à pouvoir ressentir,
D'embrasser Noémi de douleur, de plaisir.

SCÈNE CINQUIÈME.

———

NOÉMI, NÉRIE, RACHEL.

RACHEL.

Mon espoir est déçu, je croyais vous connaître.
Venez-vous de Moab ? Bethléem vous vit-il naître ?

NOÉMI.

Oui, pendant bien longtemps Moab fut mon séjour,
Et ce fut dans Bethléem que je reçus le jour.

RACHEL.

Demeuriez-vous ici durant votre jeunesse ?

NOÉMI.

Ce souvenir encor seul fait mon allégresse.

RACHEL.

A mon enfant chéri, vous avez dû conter
Qu'au pays de Moab vous fûtes habiter,
Fuyant d'ici la mort, suite de la famine.

NOEMI.

Et que ne fait-on pas pour fuir sa ruine ?

RACHEL.

Parmi les malheureux que la cruelle faim
Contraignit, dans ce temps, de fuir de Bethléem,

Se trouvait une amie à mon cœur toujours chère,
Son époux, ses deux fils.

NOÉMI.

       Sur la terre étrangère
Je puis avoir connu celle qui fait ici
De votre cœur aimant le pénible souci.

RACHEL.

Du nom de Noémi, tant qu'elle resta fille,
Elle fut désignée au sein de sa famille.

NOÉMI.

Elimelech serait le nom de son époux.

RACHEL.

Elle vous est connue. Ah! de grâce, hâtez-vous
De son sort de m'instruire...

NOÉMI.

       Ah! le malheur l'accable
Au point qu'à Rachel même elle est méconnaissable.

RACHEL.

O Dieu! se pourrait-il?

NOÉMI.

       O ma bonne Rachel!

RACHEL.

Noémi!...

NOÉMI.

Quel moment !

RACHEL.

Bien doux et bien cruel !
A la fin de tes jours livrée à la misère...

NOÉMI.

L'Eternel envers moi s'est montré bien sévère.

RACHEL.

Tes fils ?

NOÉMI.

Ils ne sont plus.

RACHEL.

Elimelech !

NOÉMI.

Est mort.

RACHEL.

Combien je compatis à ton malheureux sort.

NOÉMI.

A mon égard Rachel est donc toujours la même.

RACHEL.

Oui comme elle t'aimait, en ce jour elle t'aime.

NOÉMI.

Sur mon cœur comprimé je sens un moindre poids
En écoutant ces mots prononcés par ta voix.

RACHEL.

Comment ! j'ai méconnu les sons de ton langage ;
Le regard de tes yeux, les traits de ton visage.

NOÉMI.

Du temps et du malheur ce sont là les effets.

RACHEL.

Par leur triste récit satisfais mes souhaits ?

NOÉMI.

Pour ton cœur quelle peine !

RACHEL.

Au pain de l'indigence
T'a-t-on vu recourir ?

NOÉMI.

Oh ! non, la Providence
A su me réserver, pour assurer mes jours,
D'un être qui m'est cher le précieux secours.
Au sortir de Bethléem, devenu infertile,
Après un certain temps Moab fut notre asile.
Là par l'effet constant d'un travail entrepris
Elimelech nourrit son épouse et ses fils ;

2.

Mais quand devenus grands, prenant part à l'ouvrage ;
Ils purent s'appliquer aux soins du labourage,
L'aisance reparut, allégea le malheur,
Et nout pûmes goûter encor quelque bonheur.
Deux filles du pays, d'un heureux caractère,
Et que je chérissais à mes fils surent plaire ;
Nous ne tardâmes pas de contenter leurs vœux,
Leur hymen fut conclu sous d'auspices heureux,
Et pendant quelque temps le Seigneur secourable
Pour nous et nos travaux se montra favorable.
Pleins de sécurité nous voyions l'avenir :
Tout-à-coup mon époux rend le dernier soupir,
Malsalon attaqué d'un mal aussi funeste
Succombe, et Chelion le seul fils qui me reste
A peine à tous les deux survit de quelques mois.
Mon cœur de l'infortune accablé par le poids,
Aux femmes de mes fils j'adresse la parole ;
Dans nos chagrins amers que le Ciel vous console .
J'espérais près de vous passer des jours heureux
Et que vos mains un jour me fermeraient les yeux ;
Mais quel nœud peut encor m'attacher à la vie ;
Je pars et vais porter mes os dans ma patrie.
Ecoutez mes conseils, auprès de vos parents
Retournez sans délai mes aimables enfants,
Vos vertus d'un époux excitant la tendresse,
Le bonheur peut encor luire à votre jeunesse.

Allez, je vous bénis. De leur part, à ces mots,
Je n'entendis d'abord que des pleurs, des sanglots...
Mais puis bientot après l'une dit, l'autre crie :
Avec toi, Noémi, allons dans ta patrie !
Et prêtes désormais à partager ton sort,
De toi rien ne nous peut séparer que la mort.
Cependant à mes vœux Orpha vint à se rendre,
Mais Rhut me refusa toujours d'y condescendre.
Je te suis, me dit-elle, accompagnant tes pas,
Avec toi je suis prête à braver le trépas ;
Ton Dieu sera mon Dieu, ta demeure la mienne
Et je me choisirai ma tombe près la tienne.
  (Nérie, après avoir témoigné un extrème intérêt durant tout
ce récit, rentre dans la ville.)

RACHEL.

Mais d'être auprès de vous je désire savoir
Pourquoi dans ce moment elle manque au devoir?

NOÉMI.

Du plus beau dévoûment le vertueux modèle,
S'il me quitte est encor à son devoir fidèle.
Sans entrer de mes maux dans un triste détail,
Tu sens que ne pouvant vivre de mon travail,
C'est elle, c'est cet ange envoyé du Ciel même,
Qui par le seul produit de son travail extrême.
Prévenant les besoins de notre pauvreté.

N'a cessé d'adoucir ma dure adversité.

C'est ainsi qu'en ces lieux, nous arrivions à peine,

L'ardeur de travailler non loin d'ici l'entraîne ,

Dans ces champs où tu vois ces moissonneurs nombreux ,

Pour glaner les épis qu'ils laissent après eux.

RACHEL.

A son destin déjà combien je m'intéresse.

NOÉMI.

J'en suis sûre, elle aura sa part à ta tendresse.

RACHEL.

D'un projet tout-à-coup me vient l'intention ,

C'est peut-être du Ciel une inspiration :

Ce champ que tu me dis, où tour-à-tour scintille

Dans les mains de l'ouvrier le fer de la faucille,

Appartient à Booz, homme riche et puissant,

Booz de ton époux se trouve le parent ;

Or, d'après notre loi, par droit de parentage,

Celui qui de quelqu'un réclame l'héritage,

S'il ne veut voir personne opposé à son droit ,

Aux dix des plus âgés des vieillards de l'endroit ,

Accourt se présenter et déclare à leur face,

D'un parent qui n'est plus pour soutenir la race,

Etre prêt d'épouser la femme dont le sang

Sortit comme le sien jadis du même flanc.

Booz fut marié, des liens du mariage,
Il pourrait bien encor, essayant à son âge,
Du champ d'Elimelech se rendre l'acheteur ;
Mais pour en devenir le juste possesseur,
En te donnant son prix, d'après la loi divine,
Qui dans notre saint livre ainsi le détermine,
A Rhut, ta belle-fille, en présentant sa main,
Il devrait, sans délai, conclure cet hymen.

NOÉMI.

Rhut épouser Booz, Booz être mon gendre ;
A tant d'espoir, Rachel, je n'oserais prétendre.

RACHEL.

Nôtre sort est en tout dans les mains du Seigneur :
Du bien comme du mal juste dispensateur
Il pense, et quand il veut, la route de la vie
Ou devient obstruée, ou devient applanie.
Ainsi pour t'emmener dans le port de salut ;
D'un regard protecteur s'il considère Rhut,
Tu verrais chaque obstacle, au désir de ton âme,
Disparaître, et Booz choisir Rhut pour sa femme.
L'avenir à nos yeux bientôt se dévoilant,
J'ai l'espoir pour nous tous qu'il sera consolant.
Mais pendant qu'au plaisir de te parler, ma chère,
Je me laisse entraîner, le soleil accélère
Sa marche dans le ciel, et déjà de ses feux

Chauffe de toute part le pays montueux.

Du repas des ouvriers ce sera bientôt l'heure.

Tu dois sentir la faim. Pour gagner ma demeure

Et reprendre courage, allons pressons le pas,

Et pour marcher plus vite, approche et prends mon bras.

SCÈNE SIXIÈME.

NOÉMI, RACHEL, NÉRIE, Femmes et Filles Bethlémites.

NOÉMI.

Mais Rachel, dans quel but le peuple bethlémite

Pour sortir de la ville ainsi se précipite ?

RACHEL.

Nérie accourt aussi, et pourquoi, mon enfant,

Cette foule vers nous qui vient dans ce moment ?

NÉRIE.

De Noémi tantôt j'annonçai la venue,

Et qu'ici vous aviez ensemble une entrevue ;

On en doute, on soutient que depuis fort longtemps

Elle ne doit plus être au nombre des vivants.

C'est exact, leur réponds-je, et vous pouvez m'en croire,

De sa bouche tantôt j'écoutai son histoire.

Alors chacun s'ébranle et pour la recevoir,
Ou pour lui témoigner son plaisir de la voir.
(Aux Bethlémites.)
Eh bien ! ai-je dit vrai, la voilà près ma mère.

PREMIÈRE BETHLÉMITE.

Rachel, expliquez-nous, de grâce, ce mystère ?

RACHEL.

C'est Noémi, non point dans l'éclat du bonheur,
Mais toujours envers nous avec le même cœur.

PREMIÈRE BETHLÉMITE, embrassant Noémi.

Noémi, quel plaisir ! après ta longue absence,
De te voir revenir au lieu de mon enfance.

DEUXIÈME BELHLÉMITE.

Depuis combien de temps n'avais-je plus d'espoir
De ressentir encor le plaisir de te voir.

TROISIÈME BETHLÉMITE.

De t'embrasser, ma chère, au déclin de ma vie,
Je bénis le Seigneur.

QUATRIÈME BETHLÉMITE.

Moi, je l'en remercie.

RACHEL.

Arrêtez les élans de votre affection ;
Son corps ne peut tenir à tant d'émotion ;
Elle se tait, sa voix ne peut se faire entendre...

NOÉMI.

Ce que mon cœur ressent, ma voix ne peut le rendre.

Une Jeune Bethlémite.

Nous qui dans ton absence avons reçu le jour,
Nous voudrions te prier d'agréer notre amour.

NOÉMI.

Approchez, mes enfants, combien vous m'êtes chères.

Une Jeune Bethlémite.

Aimez-nous de l'amour dont vous aimez nos mères.

Une Jeune Bethlémite.

A mon tour permettez que je puisse la voir,
Oh ! c'est là Noémi , trompée en mon espoir.
Je ne prétends pas moins lui prouver ma tendresse.

NOÉMI.

Avec un vif plaisir je reçois ta caresse ,
Mait quel est cet espoir que tu n'expliques pas ?

La Jeuee Bethlemite.

Pour te le dévoiler j'éprouve d'embarras.

NOÉMI.

Que crains-tu ?

La Jeune Bethlémite.

Rien.

NOÉMI.

Alors...

LA JEUNE BETHLÉMITE.

A ta personne aimable
Je ne veux dire rien qui soit désagréable.

NOÉMI.

Tu ne saurais, ainsi veuille bien t'expliquer?

LA JEUNE BETHLÉMITE.

Mais si sans le vouloir je pouvais te choquer.

NOÉMI.

De ta part, chère enfant, je ne crains point d'offense.

LA JEUNE BETHLÉMITE.

Eh bien ! je te dirai ce que mon esprit pense :
Au temps où dans Moab tu vivais loin d'ici,
De tous ceux qui t'aimaient tu faisais le souci.
Ton nom et tes malheurs répétés dans nos veilles
Devinrent familiers bientôt à nos oreilles,
Et furent le sujet de nos conversations.
Tu comprends que sur toi nous les interrogions.
Alors on nous disait ton bon cœur, ta belle âme,
Et qu'en fait de beauté, jamais aucune femme
De l'emporter sur toi prétendit au succès.

NOÉMI.

Si jadis cela fut, tu vois qu'à beaucoup près,
Il n'en est plus de même , et que le nom de belle,
Par lequel même encor aujourd'hui on m'appelle,

3

Ne peut à Noémi désormais convenir.
Tout est fini pour elle, elle est sans avenir;
Le Seigneur a sur moi déployé sa colère,
J'ai perdu mon époux et je ne suis plus mère.
Avec époux, enfants, je sortis de Juda,
J'y rentre, et nul d'entre eux n'a pu suivre mes pas.

UNE BETHLÉMITE.

Que de malheurs, ô ciel !

UNE AUTRE BETHLÉMITE.

O perte irréparable !

UNE AUTRE.

Hélas ! combien ton sort est triste et déplorable.

UNE AUTRE.

Oh ! que nous te plaignons.

UNE AUTRE.

Oui, c'est du fond du cœur
Que chacune de nous entre dans ta douleur,

UNE AUTRE.

De réparer tes maux s'il nous est impossible,
Chacune d'entre nous à tes malheurs sensible,
S'empresse de t'offrir ses services, ses dons.

UNE AUTRE.

Reçois-les de bon cœur comme nous les offrons.

NOÉMI.

Pour tant d'attention et tant de bienveillance,
Je ne puis vous offrir que ma reconnaissance.

UNE BETULÉMITE.

N'est-ce pas le plus beau de tous les sentiments?

RACHEL.

C'est juste, mais pour nous en de pareils moments,
Avec rapidité s'écouleraient les heures ;
Il est temps de rentrer de suite en vos demeures,
Noémi fatiguée a besoin de repos.
Marchons, nous reprendrons le fil de nos propos.

FIN DU PREMIER ACTE

ACTE DEUXIÈME.

SCÈNE PREMIÈRE.

RHUT, au milieu des bois et d'un ravin.

Au milieu des sentiers que m'offre ce ravin,
Où passer, quel choisir pour suivre mon chemin?
Les bois et les rochers partout bornent ma vue;
Personne ne paraît, si je m'étais perdue;
Si m'enfonçant encor à travers ce vallon,
Je ne puis parvenir où l'on fait la moisson;
Il me faudra ce soir, dans ma tristesse amère,
Les mains vides d'épis retourner près ma mère.
Quel crève-cœur pour moi, nous n'avions plus de pain,
Que pour un jour encor; mais ce soir, mais demain...
O Dieu de Noémi, prêtez-nous assistance!
C'est toi, m'a-t-elle dit, dont la toute-puissance,
Par ton simple vouloir créa cet univers,
Et le concert partout de tant d'êtres divers;
C'est toi qui par des lois sagement balancées,
Conservant ce grand tout, œuvre de tes pensées,

Te réservas le droit, les moyens, le pouvoir
D'exaucer des mortels et les vœux et l'espoir ;
J'invoque ton secours, je suis ta créature :
Ne nous refuse pas un peu de nourriture.

Rhut, livrée à ses réflexions, reste un moment immobile. Durant ce temps, et dès le commencement de l'acte, une troupe de moissonneurs, placés de l'autre côté de la scène, sur la lisière d'un bois, dorment étendus sur la terre. Un bois et des rochers doivent s'élever au milieu du théâtre et le partager en deux parties, dont l'une, plus basse et moins étendue, présente un ravin où des arbustes se trouvent disséminés, tandis que l'autre forme un plateau que doivent légèrement onduler les bois, et les rochers formant un monticule au milieu du théâtre.

Le Chef des Moissonneurs s'éveille, regarde le ciel et dit :

Je me suis oublié dans les bras du sommeil.
Déjà du haut des cieux s'élance le soleil,
Et quand un chef s'oublie, à coup sûr on l'imite.
Camarades sur pied !

Un Moissonneur.

Holà !

Un autre Moissonneur.

Quoi !

Le Chef.

Allons, vite...

RHUT.

Mais que viens-je d'ouïr au-delà de ce bois ;
Ecoutons... Il me semble entendre plusieurs voix.
Allons voir, devant nous écartant le feuillage ,
Pour aller vers ce but ouvrons-nous un passage.

Dans le temps que Rhut parle, le Chef des Moissonneurs se
lève , prend sa faucille, et chante :

Mes amis , accourez tous,

L'ouvrage

Presse , allons courage ,

A moissonner disposons-nous.

Amis , accourez tous ,

Employons tous notre faucille ,

Et tous en cercle à l'unisson ,

Que sous la pierre son fer brille.

C'est le prélude à la moisson.

Je marche à votre tête,

Mais que de suite après

Chacun de vous s'apprête

A me suivre de près.

Mes amis , accourez tous.

L'ouvrage, etc. (*Refrain.*)

Le Chef des Moissonneurs coupe du blé ; les autres moissonneurs se suivent en formant la queue l'un derrière l'autre à la
façon des grues ; entre l'intervalle de deux moissonneurs se
trouvent une fille et un petit garçon qui lient les gerbes.

Le Chef des Moissonneurs chante le deuxième couplet, et au refrain, il est accompagné par tous les autres moissonneurs.

Ls soleil brillant de lumière
Nous lance vainement ses feux ;
Ni la chaleur, ni la poussière
N'arrête nos cœurs courageux.
 Penchés le dos en voûte,
 Tous à coups redoublés,
 Poursuivons notre route,
 En moissonnant ces blés.

 Amis, accourez tous,
  L'ouvrage,
 Presse, etc.

De la cigale paresseuse.
Loin d'imiter l'aveuglement,
Notre troupe toujours joyeuse
Chante et travaille incessamment.
 Mais pour donner de force
 A nos cœurs aux abois,
 Un bon vin, douce amorce.
 Circule quelquefois.

 Mes amis, accourez tous,
  L'ouvrage
 Presse, etc.

Voyez l'insecte qui butine,
Entraîné par l'amour du gain .
Et puis vers son grenier chemine ,
De blé portant chacun un grain.
  Pourvoyons le ménage,
  Comme lui, mes amis,
  C'est le conseil du sage :
  Imitons la fourmi.

Mes amis, accourez tous ,
    L'ouvrage
Presse, etc.

Et vous, garçons et jeunes filles ,
Qui prenez part à nos travaux,
Des blés qu'abattent nos faucilles,
Mettez les épis en faisceaux,
  Et puis de vos javelles,
  Que comprime la main ,
  Par quelques tiges frêles ,
  Ceignez le tout soudain.

Mes amis , accourez tous ,
    L'ouvrage
Presse , etc.

Quand l'hiver, par sa violence,
Nous retiendra loin de nos champs,

Dans le repos et l'abondance,
Nous verrons s'écouler le temps.
   Comme dans la jeunesse
   Les biens par nous acquis
   Au temps de la vieillesse,
   Egaîront nos esprits.

Mes amis, accourez tous,
     L'ouvrage
Presse, allons courage,
A moissonner disposons-nous.
   Amis, accourez tous.

RHUT, à la fin du cinquième couplet.

Dans un lieu découvert me voilà parvenue ;
Ce rocher seul encor me dérobe la vue.
Tâchons de le tourner. Quelqu'un chante, avançons.
Je ne me trompe point, c'est le champ des moissons.

Dans cet intervalle, on chante le cinquième couplet, Rhut marche, s'élève sur le plateau à la fin du dernier couplet. Les moissonneurs s'avancent du côté opposé à Rhut en moissonnant, et disparaissent l'un après l'autre. Ils sont censés toujours moissonner au-delà.

J'approche assurément de l'endroit où l'on chante.
Ce sont les moissonneurs ; une assez courte pente
Bientôt par ce sentier me conduira vers eux.
O Dieu de Noémi, soutien des malheureux,

Toi qui viens d'exaucer à l'instant ma prière,
Je te voue à jamais ma confiance entière,
Désormais, renonçant aux dieux de mes aïeux,
Je ne veux invoquer que ton nom dans ces lieux.

              Rhut descend vers le champ de la moisson.

Me voilà hors du bois, mon Dieu! que de javelles!
Ça réjouit le cœur, que les épis sont belles!
Qui sait si de ce champ le riche possesseur,
Se conformant en tout à la loi du Seigneur,
Voudra se relâcher des justes droits du maître
Et de glaner ici s'il voudra me permettre.
Quand on possède un champ, couvert de tant d'épis,
Aux pauvres devrait-on envier leurs débris.
Mais avant d'essayer de me mettre à l'ouvrage,
Prenons quelque repos par dessous cet ombrage.
J'en ai certes besoin, voilà bientôt six jours
Que, la nuit excepté, nous voyageons toujours.
Par la fatigue aussi je suis presque harrassée,
Mon cœur est engourdi, mon âme est affaissée:
Et sans me reposer je ne pourrais longtemps
Ramasser des épis éparses dans les champs.
Après tant de fatigue et de peine essuyée,
Reposons un moment à cet arbre appuyée.

   Rhut assise au pied de l'arbre, reste un moment sans rien dire.

Mes yeux par le sommeil vont se laisser gagner;
Par quelques mouvements tâchons de l'éloigner:

Il serait imprudent avec ce voisinage,

Et surtout dans un lieu qui me paraît sauvage,

De se laisser aller aux douceurs du sommeil.

Prévenons le danger, tenons-nous en éveil.

Rhut sur son séant reste un moment sans parler, et dit ensuite :

Auprès de Noémi, cherchant une demeure,

J'avais cru retourner encore de bonne heure,

Mais en vain, car je vois déjà l'astre du jour

Achever dans les cieux les deux tiers de son cours.

Et Noémi, ce soir, dans son inquiétude,

Va me croire perdue en quelque solitude.

Allons pour se hâter ramasser des épis.

Rhut, encore assise, ramasse quelques épis autour d'elle, et dit :

Mais je n'y puis tenir ; mes sens sont assoupis...

Rhut s'appuie contre l'arbre et s'endort. Un moissonneur arrive sur la scène, s'avance vers un arbre où sont déposés les effets des moissonneurs, prend un flacon pour l'emporter, puis tout-à-coup se tournant du côté opposé aux moissonneurs et vis-à-vis de Rhut, il dit, en s'adressant au flacon :

Oh ! je me laisse aller, flacon, à ton amorce,

Et de te résister je n'aurais pas la force :

Il est bon... Peu s'en faut que, par propension,

Je ne succombe encore à la tentation.

> Il regarde le flacon.

C'est assez, prenons garde ; une forte lacune

Pourrait des moissonneurs m'attirer la rancune,

Et par suite, bientôt après un court plaisir
Devenir le sujet d'un triste repentir.
Eh ! que vois-je d'ici, aurais-je la berlue,
Ou le vin porte-il de suite sur ma vue ?
Une femme qui dort ; je ne m'abuse pas ;
Pour la voir de plus près, marchons à petits pas ;
Je crois qu'elle n'est point vêtue en Bethlémite,
Et que ce pourrait bien être une Moabite.
Comment a-t-elle pu parvenir en ces lieux
Sans que des moissonneurs elle ait frappé les yeux ;
A moins que d'un nuage elle ne soit tombée,
Ou qu'elle soit venue à force d'enjambée,
A travers ce rocher, du fond de ce ravin,
Nous l'aurions vue venir par tout autre chemin.
De ce fait singulier je ne sais trop que croire.
   Il revient au flacon, et s'adressant à lui-même, il dit :
Sous cette herbe, mon cher, je vais te consigner,
A m'attendre un moment pense à te résigner.
Et si les moissonneurs languissant dans l'attente,
Viennent te réclamer, protégé par la plante,
Garde-toi de bouger...
               Il cache le flacon sous une touffe d'herbe.
             Je reviendrai bientôt
Une dernière fois me pendre à ton goulot.
                Marchant vers Rhut.
Allons vérifier de près ma conjecture,
C'est ainsi que j'ai dit : son habit, sa coiffure

Du pays de Moab révèlent à mes yeux
Qu'elle vient d'arriver depuis peu dans ces lieux ;
Elle est bien jeune encor, toute seule à son âge,
S'exposer aux dangers d'un pénible voyage ;
Mais que se passe-t-il chez elle en ce moment !
Un rêve malheureux l'agite assurément.
La sueur sur son front, la figure altérée,
Quelque courte parole à demi mnrmurée,
Son souffle, par élans, s'échappant de son sein ;
Son air tout à la fois soucieux et chagrin,
Annoncent clairement que, cédant à la crainte,
Par quelque grand danger elle se croit atteinte,
Elle croit qu'elle fuit... Dans un état pareil
Elle ne peut encor prolonger son sommeil.

RHUT.

Un homme près de moi, mon Dieu ! prends ma défense.

Le Moissonneur.

Vous n'avez de cet homme à craindre aucune offense ;
Et qui que vous soyez, si vous le voulez bien,
Il s'offre à vous servir de guide et de soutien.

RHUT.

Et que peut demander une faible étrangère,
Si ce n'est de ne pas aggraver sa misère.

Le Moissoneeur.

Dans les champs de Booz, bien loin d'être outragé,
L'étranger par ses soins est toujours protégé,

RHUT.

Prévenant de la faim les atteintes cruelles,
Pourrais-je donc sans crainte, au milieu des javelles,
Ramasser les épis réservés aux glaneurs.

LE MOISSONNEUR.

Sans doute. Mais voici le chef des moissonneurs ;
De glaner dites-lui qu'il veuille vous permettre,
Et pour se conformer aux volontés du maître,
Vous verrez qu'à l'instant et sans objection,
Il vous accordera cette permission.

SCÈNE DEUXIÈME.

LE CHEF DES MOISSONNEURS.

Ton vif empressement à quitter la faucille
Pour faire ce que fait une petite fille,
De tous ces moissonneurs excitant le soupçon,
Afin de t'observer j'ai quitté la moisson.

LE MOISSONNEUR.

Eh bien ! vous me voyez.

LE CHEF.

       Auprès d'une étrangère,
Fort occupé, je crois, des moyens de lui plaire.
Mais, dis-moi, le flacon où se trouvera-t-il ?

Le Moissonneur.

Ici près, sous cette herbe et loin de tout péril.
Comme mes mains l'ont mis il se trouve sans doute,
A moins que jusqu'à lui se faisant une route,
Quelque animal peut-être...

Le Chef.

Ah ! tu fais le plaisant.
Là dessus, mon ami, trève pour le présent.
Plutôt éclaircis-moi sans faire de mystère,
Comment vient d'arriver ici cette étrangère.
Dans quel but.

RHUT.

Permettez, si c'est votre désir.
Je puis avoir moi-même à lui tout ce plaisir.
En partant de Bethléem, j'ai dû manquer sans doute
De ce champ rapproché la véritable route ;
Et par suite, égarée en ce vallon voisin,
A toute peine ici je suis venue enfin.
J'espère trouver grâce aux yeux de votre maître,
Et de glaner son champ que s'il veut me permettre,
Je pourrais à ma mère, en rentrant dans Bethléem,
Porter un peu de blé pour contenter sa faim.

Le Chef.

Le maître de ce champ est encore à la ville,
Mais j'ordonne à sa place, ainsi c'est inutile

D'attendre qu'il se rende auprès des moissonneurs ;
Disposez des épis laissés pour les glaneurs.
Je le permets ainsi, ramassez sans rien craindre
Tout ce qu'en un fagot vos mains peuvent étreindre.

RHUT.

Puisse la main de Dieu bénir en même temps
Avec le serviteur le maître de ces champs.
Comment le nommez—vous ? son pays, je vous prie ?

Le Chef.

On l'appelle Booz, Bethléem est sa patrie.

RHUT.

Ses qualités de cœur ?

Le Chef.

Sensible et vertueux.

RHUT.

Riche et puissant, je pense?

Le Chef.

Et bien mieux, généreux.

RHUT.

Comme il doit être aimé, quel heureux caractère !

Le Chef.

Les habitants du lieu l'aiment comme leur père ;
De tout ce que j'avance, ici, de tout côté,
On vous confirmera bientôt la vérité,

Et je ne doute pas que dans peu, par vous–même,
Vous n'éprouviez l'effet de son bon cœur extrême.

RHUT.

Riche et puissant au sein de son propre pays,
Par quel moyen sait-il se faire tant d'amis,
Les conserver surtout?

LE CHEF.

Non autant par largesse
Que par le sage emploi qu'il fait de sa richesse.
C'est ainsi qu'à l'ouvrier, par ses travaux des champs,
Il assure du pain ainsi qu'à ses enfants;
Que par un peu d'argent qu'il prête sans usure,
De quelque autre il prévient la ruine future;
Ou bien de son crédit par les heureux effets,
S'empresse à seconder d'un autre les projets;
Ce n'est pas tout, souvent c'est par ses bons offices
Qu'à ses concitoyens il rend mieux des services;
Des uns, par ses conseils, il prévient les procès,
Ou du dessein d'un autre assure le succès;
Qu'il calme les esprits par sa seule entremise,
Ou bien qu'il unit ceux que la haine divise;
Homme de sens surtout, habile agriculteur,
Dans les travaux des champs il relève l'erreur;
Il donne des avis qu'à suivre l'on s'empresse,
Tellement on se fie à sa haute sagesse.

RHUT.

Heureuse la cité qui par un don du Ciel,
Vit naître dans son sein un semblable mortel,
Mais plus heureuse encor quand elle est assez sage
Pour rendre à ses vertus un juste témoignage.

Le Chef.

Comme vous partagez notre admiration,
Vous verrez naître en vous la même affection.
Pour cet homme chéri qui, par sa bienveillance,
Mérite à tous égards notre reconnaissance.

RHUT.

Admirer et chérir les hommes vertueux
Fut toujours de mon cœur l'un des principaux vœux

Le Chef.

Eh bien! vous aimerez Booz, notre bon maître :
Il ne doit pas tarder en ces lieux de paraître ;
A midi vers la ville il a porté ses pas
Pour y donner quelque ordre et prendre son repas ;
Actif et prévenant, il réunit en somme.
Toutes les qualités qui font l'excellent homme.

RHUT.

Et s'il trouvait mauvais que je glanasse ici.

Le Chef.

Oh! soyez là dessus sans l'ombre du souci,
En venant près de nous par la longue avenue,

Il viendra me parler d'abord à sa venue.

Ainsi rassurez-vous ; j'aurai l'attention

De l'émouvoir pour vous par la compassion.

Je le connais, d'ailleurs, et sais combien son âme

Envers les malheureux par la pitié s'enflamme :

Mais qui sait ce que Dieu, ce maître souverain,

Arbitre de nos cœurs et de notre destin ,

En agissant sur vous ainsi que sur mon maître,

Pour le bonheur de tous peut bientôt faire naître.

RHUT.

A porter à ma mère en retournant ce soir

Un lourd fagot d'épis je mets tout mon espoir.

Le Chef.

Sur mes pressentiments, douce et bonne étrangère ,

Permettez qu'en prenant le parti de me taire,

Je ne vous cache pas l'intérêt que d'abord

Par un secret penchant j'ai pris à votre sort,

Et l'espoir où je suis que votre modestie

Sera récompensée au sein de ma patrie.

Le Chef.

Que le Ciel vous entende , homme au cœur généreux ,

Il est maître de tout, ce qu'il veut je le veux ;

Mais parmi mes souhaits, de tous le plus sincère,

C'est dans ses derniers jours le bonheur de ma mère.

LE CHEF.

Vous serez exaucée, à coup sûr, croyez-moi.

RHUT.

En vous, avec plaisir, je me sens de la foi.

LE CHEF.

Il faut que je vous quitte, adieu, prenez courage.
Pour ramasser d'épis mettez-vous à l'ouvrage,
Dans le courant du jour je pourrai vous revoir,
Sinon, pour le plus tard, ce sera vers le soir.

Le Chef fait signe à l'autre moissonneur de prendre le flacon
et de venir à lui.

SCÈNE TROISIÈME.

RHUT.

C'est le chef des ouvriers, contre mon espérance,
Il s'est montré pour moi rempli de complaisance,
Et disposé surtout, poussé par son bon cœur,
A prévenir Booz bientôt en ma faveur.
Allons, je puis glaner maintenant sans rien craindre.

Elle glane quelques instants.

Mais qu'a-t-il voulu dire, aurait-il voulu feindre,
Lorsque dans ses propos il m'a fait entrevoir
D'un avenir heureux ou l'idée ou l'espoir.

Que puis-je désirer même dans ma détresse ?
Et bien sûr, ce n'est pas ni grandeur ni richesse.
Sans avoir beaucoup d'or, quand j'étais au pays,
J'ai vu partout les grands rongés par les soucis,
Le riche sans désir au sein de l'abondance,
Croyant que le bonheur est dans la nonchalance,
N'y trouver à la fin qu'apathie et qu'ennui,
Et contraint, malgré soi, d'envier dans autrui,
D'un malheureux ouvrier la peine et l'allégresse,
Tellement le dégoût enfante la tristesse.
J'avais un bon mari, je l'aimais tendrement,
Il avait envers moi beaucoup d'attachement :
Il était beau, bien fait, nous faisions bon ménage,
Et la mort a tranché les jours de son jeune âge :
Si, du moins, à mes yeux un rejeton chéri
Pouvait me retracer les traits de mon mari !
Il n'est plus, vains regrets, désormais sur la terre,
Ce n'est qu'en allégeant le malheur de sa mère,
Que je pourrai trouver des instants de bonheur.
Mais quelque soit mon sort, adorable Seigneur !
Quelque soient les dangers qu'en ces lieux j'ai à craindre,
Pourrais-je t'accuser, suis-je en droit de me plaindre ?
Oui, d'avoir envers moi déployé ton courroux,
D'avoir à ma tendresse enlevé mon époux.
Mais dans ce même temps, ô mon souverain Maître !
Que je m'estime heureuse de pouvoir te connaître ;

J'ignorais ton saint nom, tu me l'as révélé,
Ton auguste pouvoir, tu me l'as dévoilé.

Cédant au déplorable exemple
De mes parents, de mes aïeux,
Jeune encor j'allais dans le temple
Adresser mes vœux à leurs dieux ;
Mais en vain, après ma prière,
J'offrais mes dons sur leurs autels,
Un dieu d'argent, d'or ou de pierre
Se rend-il aux vœux des mortels ?

Dans une profonde ignorance
Du créateur de l'univers,
De Moab suivant la croyance,
Je croyais à cent dieux divers,
Quand un époux que mon cœur aime
Me tire enfin de mon erreur,
En me disant du Dieu suprême
Le nom, le pouvoir, la grandeur.

Depuis ce temps, Dieu de lumière,
Souverain Maître de mon cœur,
Je t'invoque par la prière,
Dans la joie et dans le malheur,
Et si, réclamant assistance,
Tu ne me donnes point secours,

En toi pleine de confiance,
Je t'aime cependant toujours.

Tantôt au cri de ma détresse,
Seigneur, tu m'as tendu la main,
Ta face excitant ma faiblesse,
J'ai franchi les bords du ravin.
Arbitre des cœurs sur la terre,
Par toi, par ton simple vouloir,
Pour porter du pain à ma mère,
Auprès d'elle j'irai ce soir.

SCÈNE QUATRIÈME.

RHUT, BOOZ.

BOOZ.

Je ne viens point ici interrompre vos chants,
Encor moins vos travaux

RHUT.

Depuis quelques instants
En glanant les épis éparses sur la terre,
Je tâchais de mes maux par là de me distraire,

BOOZ.

Vous êtes malheureuse, ah ! je plains votre sort.

RHUT.

Peut-on ne l'être pas quand on a vu la mort
Moissonner son époux au printemps de la vie,
Que l'on se trouve loin de sa chère patrie,
De ce toit paternel au touchant souvenir,
Craignant pour le présent, redoutant l'avenir,
Sans argent, sans moyens et sans ressource aucune,
Pour pouvoir soulager dans sa triste infortune,
Noémi de Bethléem, revenant en ces lieux,
Pour réunir ses os à ceux de ses aïeux.

BOOZ.

Je ne me trompe pas, vous êtes Moabite.

RHUT.

Oui, Seigneur.

BOOZ.

Votre époux...

RHUT.

Etait un Bethlémite.
Le fils d'Elimelech, appelé Malsalon.

BOOZ.

On vous appelle Rhut.

RHUT

Vous connaissez mon nom.

BOOZ.

Je ne connaissais point encor votre personne ,
Mais votre nom beaucoup.

RHUT.

Et vraiment , ça m'étonne.

BOOZ.

C'est bien comme je dis.

RHUT

Comment le pouvez–vous :
Du pays de Moab à peine arrivons-nous.
Noémi dans Bethléem va chercher un asile ,
Et moi sans y entrer, des portes de la ville
M'éloignant aussitôt , depuis bien peu de temps ,
Pour glaner des épis j'arrive dans vos champs.

BOOZ.

Eh bien ! précisément c'est par la circonstance
Que ce que je vous dis est à ma connaissance ,
Revue avec plaisir par ses anciens amis ,
Noémi nous a dit ses malheurs, ses soucis ,
Et n'a point oublié combien dans sa détresse ,
Elle a reçu de vous des preuves de tendresse.

RHUT.

J'ai fait ce que j'ai pu pour alléger ses maux.

BOOZ.

Ce que je vois le dit ; les plus rudes travaux ,
Les périls incessants d'un fatigant voyage,
Un pays inconnu , tant de crainte à votre àge ,
N'ont pu vous retenir sous le toit paternel.

RHUT.

Seule j'eusse laissé rentrer dans Israël ,
Après avoir perdu ses enfants et leur père ,
D'un époux que j'aimais la malheureuse mère.

BOOZ.

Votre choix , je le vois , ne fut pas incertain.

RHUT.

D'hésiter je n'eus pas un instant le dessein.

BOOZ.

A tant de dévoûment le Ciel rendra justice.

RHUT.

Puisse–t–il vous entendre !

BOOZ.

　　　　Et vous être propice.

RHUT.

Dans votre bon souhait : il me semble, Seigneur,
Entrevoir du Très–Haut une douce faveur.

BOOZ.

De seconder sur vous sa juste bienveillance,
Je sens mon cœur porté.

RHUT.

De ma reconnaissance
Permettez qu'à vos pieds j'acquitte le tribut.

BOOZ.

Un pareil témoignage, intéressante Rhut.
N'est dû qu'au souverain des cieux et de la terre;
Le rendre à des mortels ce serait lui déplaire.

RHUT.

De l'erreur si longtemps j'ai suivi le sentier,
Que je ne puis encor tout-à-fait l'oublier.
Mais au sein de Juda, ma nouvelle patrie,
Attentive aux leçons d'une mère chérie,
J'espère, de l'erreur m'écartant à jamais,
Devenir digne en tout, Seigneur, de vos bienfaits.

BOOZ.

A ces bons sentiments soyez toujours fidèle;
Pour soigner Noémi ayez le même zèle,
Et du Dieu d'Israël, fléchi dans son courroux,
Vous pourrez éprouver les bienfaits les plus doux.

RHUT.

Que votre Dieu puissant ait pitié de ma mère,
Qu'il m'aide à soulager ses jours et sa misère;
Voilà de tous mes vœux le plus cher à mon cœur.

BOOZ.

Le Ciel prendra pitié bientôt de son malheur.

RHUT.

Oui, si vous vouliez bien m'accorder une grâce.

BOOZ.

A l'instant si je puis, que faut-il que je fasse ?

RHUT.

De glaner dans vos champs que, par compassion,
Vous daigniez m'accorder votre permission.

BOOZ.

Et pourquoi voulez-vous que je vous auiorise;
Vous en avez le droit par la loi de Moïse;
Cependant des ouvriers si l'accueil gracieux
A glaner dans mes champs peut vous engager mieux,
Vous serez satisfaite, à l'exemple du maître,
Avec plaisir chacun vous verra reparaître.

RHUT.

De revenir aussi je ne manquerai pas.

BOOZ.

Faites mieux, sans vous mettre en peine des repas,
Vers le milieu du jour, interrompant l'ouvrage,
Approchez des ouvriers, assis sous un ombrage,
Et vous les verrez tous dans leurs attentions,
Vous offrir aussitôt de leurs provisions.

RHUT.

De votre part, Seigneur, un accueil si propice,
Ce penchant à me tendre une main protectrice,
Et l'appui que j'espère en vos douces vertus,
Relèvent à tel point mes esprits abattus,
Que dans votre bon cœur, pleine de confiance,
J'espère encore plus de votre bienveillance.

BOOZ.

Si de vous satisfaire il est en mon pouvoir,
Le résultat sera conforme à votre espoir.

RHUT.

Vous êtes possesseur d'une grande fortune.

BOOZ.

Mais dans notre pays elle n'est pas commune.

RHUT.

Eh bien, pour adoucir notre sort rigoureux,
Qui mieux que vous, Seigneur, homme droit généreux,
Pourrait nous acheter le modeste héritage
Qu'Elimelech reçut autrefois en partage ;
Dans l'état d'abandon où depuis si longtemps,
Par l'absence du maître auront langui ces champs,
Cette vente à vos yeux, loin d'être avantageuse,
Va pour vos intérêts vous paraître onéreuse ;
Mais si tel pouvait être à consulter vos yeux,
Le sujet inconnu de votre air soucieux,

4.

Ce motif ne saurait arrêter cette affaire,
Au prix que vous voudrez adhèrera ma mère :
Jusqu'à son dernier jour, pourvu que cet argent
Puisse la secourir dans un besoin urgent.
Voilà tous mes désirs dans notre état extrême.

BOOZ.

Le proposition est—elle de vous—même?

RHUT.

Dans notre pourparler, Noémi, ce matin,
De son projet de vente annonçait le dessein.

BOOZ.

Et du nom de Booz, dans cette circonstance,
Votre mère aura pu vous donner connaissance.

RHUT.

De sa bouche, Seigneur, je ne l'ai point appris.

BOOZ.

Et comment se fait-il qu'étrangère au pays,
Ici plutôt qu'ailleurs vous vous soyez rendue.

RHUT.

La cause au pur hasard paraît en être due.

BOOZ.

Ce hasard me surprend; peut—être ignorez-vous
Que le lien du sang m'unit à votre époux?

RHUT.

De vous-même, Seigneur, j'en apprends la nouvelle.

BOOZ (à part).

Par ce concours fortuit, la sagesse éternelle
Juge-t-elle à propos, dévoilant son dessein,
De m'appeler encor sous les lois de l'hymen.

A Rhut :

Du champ d'Elimelech , revenons à la vente.
Ce n'est point une affaire en soi fort engageante ;
Mais enfin je pourrais...

RHUT.

Oh ! par grâce , Seigneur,
Vous connaissez le champ , fixez-en la valeur,
Avec cette équité qui met dans la balance
D'un pauvre malheureux la précaire existence.
Et ce soir, mise au fait de vos intentions ,
Acquiesçant de suite à vos conditions,
A l'heure convenue aussitôt pour conclure ,
Ma mère près de vous se rendra, j'en suis sûre.

BOOZ.

Mais vous devez la suivre , il faut absolument
Que vous donniez aussi votre consentement.

RHUT.

A ce qu'il vous plaira, Seigneur, de nous prescrire ,
Avec empressement Rhut ira pour souscrire.

BOOZ.

Je n'exigerai rien que ce que veut la loi.

RHUT.

En elle ainsi qu'en vous, Seigneur, telle est ma foi,
Et tel est mon désir de secourir ma mère,
Que je consens à tout pour finir cette affaire.

BOOZ.

Vous êtes engagée.

RHUT.

Avec plaisir, Seigneur.

BOOZ.

Salut. .

RHUT.

Mais un secret pèse sur votre cœur.

BOOZ.

J'en conviens, chère Rhut, c'est son incertitude
Qui produit sur mon cœur certaine inquiétude,

RHUT.

Ah ! s'il m'était possible à calmer votre ennui.

BOOZ.

Je ne puis devant vous m'expliquer aujourd'hui,
Mais demain, quand du jour luira la matinée,
Que les ouvriers aux champs, pour remplir leur journée.
De la nuit pleinement satisfaits du repos,
Des portes de Bethléem sortiront à grands flots,
Comme les moissonneurs sortez de votre asile,
Que Noémi vous suive aux portes de la ville,

Et là s'éclaircira devant vous le secret
Qui doit combler ma joie ou causer mon regret.

RHUT.

Quelque soit le motif de cet obscur langage,
Et qu'il puisse du doute amener le nuage,
Noémi saura tout même encor dès ce soir.

BOOZ.

Ce discours semblerait menacer mon espoir.
Si le nom de Booz, ou du moins, je l'espère,
N'allait en ma faveur prévenir votre mère ;
Adieu, l'astre du jour baisse dans l'horizon,
A peine ai-je le temps d'observer la moisson.
Glanez tranquillement.

RHUT.

Oui, mais avec prestesse,
Pour aller plus tôt voir l'objet de ma tendresse.

BOOZ.

C'est bien. Pour se livrer à leurs ébats joyeux,
Mes filles m'ont suivi de bien près dans ces lieux,
Et j'aperçois aussi plusieurs de leurs amies ;
Je vais les appeler, par leurs mains recueillies
Les javelles d'épis formant un lourd fagot,
Vous pourrez dans Bethléem rentrer beaucoup plus tôt.

RHUT.

Ah ! que vous êtes bon.

Elle ramasse des épis durant quelques instants.

SCÈNE CINQUIÈME.

ZÉLIA , l'aînée des filles de Booz, arrive en courant
J'arrive la première.

UNE AUTRE, après que plusieurs sont arrivées.

Je ne suis point encor, cette fois, la dernière.

ZÉLIA à Rhut.

Ma bonne , êtes-vous Rhut ?

RHUT.

Oui, c'est bien là mon nom.

ZÉLIA.

Vous, l'épouse autrefois du cousin Malsalon.

RHUT.

De Malsalon, jadis, jeune et beau Bethlémite,
Je partageais le sort au pays moabite.

ZÉLIA.

Du bonheur de vous voir mon cœur est satisfait.

UNE AUTRE.

Le Ciel en ce moment exauce mon souhait.

RHUT.

Je vous en remercie.

UNE AUTRE.

Oh ! que je suis contente.

ZÉLIA.

De votre bon accueil je suis reconnaissante,
Bien que pour deviner quel en est le motif,
Je tâche vainement...

ZÉLIA.

Ils sont tous éclaircis :

Noémi dans Bethléem a dit votre conduite,
Et votre empressement à venir à sa suite.

UNE BETHLÉMITE.

Oh! qu'il doit vous tarder bientôt de la revoir.

RHUT.

Oui.

ZÉLIA.

L'ombre en s'allongeant nous annonce le soir.
Glanons toutes ensemble, ainsi l'a dit mon père,
Et Rhut pourra plus tôt aller revoir sa mère.

Elles glanent les unes d'un côté, les autres de l'autre.

LA PLUS JEUNE FILLE DE BOOZ.

Voilà ma tâche faite, à vos pieds, bonne Rhut,
Je viens de ces épis déposer le tribut.

RHUT.

Et comment se fait-il que vous ayez si vite
Amassé tant d'épis, ma charmante petite.

LA PLUS JEUNE.

C'est ainsi, vous voyez.

UNE BETHLÉMITE.

Le tour est bien malin.

UNE AUTRE.

Ces épis ont été recueillis de ma main.

UNE AUTRE.

En aussi peu de temps avoir pu toute seule...

ZÉLIA.

Et ne voyez-vous pas qu'elle a pris à la meule.

UNE AUTRE.

Oh ! oh ! c'est plus tôt fait.

LA PLUS JEUNE.

              Et n'ai-je pas raison.

Le soleil à grands pas marche vers l'horizon.

S'il fallait ramasser des épis jusqu'à l'heure

Où nous devons encor gagner notre demeure,

Pourrions-nous. comme tel était notre projet,

Chanter, nous amuser...

UNE AUTRE.

              Ma chère, quel regret,

UNE AUTRE.

Qu'en dites-vous, ma sœur ?

UNE AUTRE.

              Ton esprit en balance

Hésite à nous prouver par là ta complaisance.

ZÉLIA.

Eh bien ! soit, je veux bien.

UNE AUTRE.

              Le devoir, le plaisir

Vont se trouver d'accord.

UNE AUTRE.

Tel était mon désir.

UNE AUTRE.

Avant tout, quel parti nous convient-il de suivre ?

ZÉLIA.

A nos joyeux ébats avant que l'on se livre,
Marchons vers le gerbier, là chacune prendra
Une gerbe qu'à Rhut ensuite elle offrira.

RHUT.

Votre père... Arrêtez; mon Dieu! qu'allez-vous faire?

UNE BETHLÉMITE.

Ne craignez rien.

UNE AUTRE.

Cela ne pourrait lui déplaire.

Les Bethlémites marchent vers la coulisse du fond : durant cet
intervalle, Rhut ramasse des épis; les Bethlémites reviennent et
déposent aux pieds de Rhut chacune une javelle.

RHUT.

Vous allez m'accabler sous le poids des épis.

ZÉLIA.

Tantôt, en retournant avec vous au pays,
Et tant que durera notre petit voyage,
Entre nous des fagots nous ferons le partage.

LA PLUS JEUNE.

Moi, je veux en porter.

5

UNE AUTRE.

J'en réclame ma part.

LA PLUS JEUNE.

Dépêchez-vous, mes sœurs, il est déjà si tard.

ZÉLIA.

En voilà six fagots, la charge en est légère.

LA PLUS JEUNE.

Allons donc, je vous prie.

ZÉLIA.

Eh bien! que veux-tu faire?

LA PLUS JEUNE.

Chanter, vous amuser,

UNE AUTRE.

Le temps vite s'enfuit.

LA PLUS JEUNE.

Et ne voyez-vous pas l'approche de la nuit.

UNE AUTRE.

Eh bien! commençons-nous.

UNE AUTRE.

Faisons-nous une ronde.

UNE AUTRE.

Une ronde convient.

UNE AUTRE.

On est assez de monde.

ZÉLIA.

Bonne Rhut, voulez-vous?

RHUT.

Oh ! je ne le puis pas.

Je suis trop fatiguée, et mes malheurs, hélas!

ZÉLIA.

Pour mes sœurs et pour moi, vous serez indulgente.

RHUT.

Il fut un temps où loin de tromper votre attente,
J'eusse donné moi-même à vos jeux le signal.
Mais depuis que le Ciel, par un arrêt fatal,
A livré tous mes jours à la tristesse amère,
Si la danse et les jeux ne peuvent plus me plaire,
A vos amusements si je ne prends plus part ;
Sur eux avec plaisir j'arrête mon regard.

Zélia donne la main à ses sœurs et à ses amies, et la ronde est commencée.

ZÉLIA chante :

Bientôt, mes sœurs, des beaux jours de l'enfance,
Vont s'enfuir les précieux instants,
Et c'est en vain, de ces jours d'espérance,
Que nous voudrions retenir les moments.
Chantons, mes sœurs, livrons-nous à la danse,
Car c'est pour nous, c'est le temps, c'est le temps. *(bis.)*

Dans nos cités, le bonheur, l'abondance,
La douce paix qui règne dans nos champs ;
De la saison l'heureuse circonstance,

Que de motifs à nos amusements !
Chantons , mes sœurs ; livrons-nous à la danse,
Car c'est pour nous, c'est le temps, c'est le temps. *(bis.)*

A mes conseils , autant par déférence ,
Que pour céder à vos propres penchants ,
De la moisson qui dans ce jour commence,
Renouvelons et les jeux et les chants.,
Chantons , mes sœurs , livrons-nous à la danse ,
Car c'est pour nous; c'est le temps, c'est le temps. *(bis.)*

ZÉLIA dit :

Silence... Entendez—vous , de l'heure du repos
On donne le signal.

UNE AUTRE.

       Terminant leurs travaux ,
Voyez les moissonneurs rengaînant leur faucille ,
Retourner en chantant auprès de leur famille.

ZÉLIA.

De prolonger nos jeux nous n'avons plus le temps.

UNE AUTRE.

Oh ! que j'ai du regret.

UNE AUTRE.

       Pour revenir aux champs ,
Demain , nous quitterons plus tôt notre demeure.

LA PLUS JEUNE.

Que tu me satisfais.

UNE AUTRE.

Ma chère, à la bonne heure.

ZÉLIA.

Pour glaner, bonne Rhut , j'espère que , demain ,
Vous viendrez nous revoir.

RHUT.

Ce serait mon dessein ,
Si vous me permettiez de glaner toute seule.

ZÉLIA.

Nous n'irons plus glaner aux dépens de la meule ,
Mais pourquoi des épis épars sur ce terrain ,
Des oiseaux ou des rats tôt ou tard le butin ,
Vous offrant de bon cœur chacune une javelle ,
Pourriez-vous repousser cette marque de zèle ?

RHUT.

Dans vos cœurs mon état excite la pitié.

ZÉLIA.

Ainsi que vos vertus inspirent l'amitié.

RHUT.

De votre affection je ne puis davantage
Me refuser de croire à votre témoignage.

ZÉLIA.

Mais je voudrais bien voir, au sens de ce discours,
S'il vous plaît de nos mains agréer ce secours?

UNE SŒUR.

De grâce, bonne Rhut...

RHUT.

Vous m'êtes trop propices
Pour que je puisse encor rejeter vos services.

Elle accepte. Chacune des sœurs et les autres Bethlémites se
retirent, emportant chacune un petit fagot d'épis ramassés en
javelles

FIN DU DEUXIÈME ACTE.

ACTE TROISIÈME.

SCÈNE PREMIÈRE,

RACHEL, NOÉMI.

NOÉMI.

Pour la première fois, après tous les malheurs
Dont le Ciel a sur moi déversé les rigueurs,
Sous le poids des chagrins dont mon âme est troublée,
Je me sens en ce jour un peu moins accablée.
Un voyage accompli sous d'auspices heureux,
Malgré tous les périls d'un chemin dangereux,
Le plaisir de me voir au sein de ma patrie,
D'y retrouver Rachel, d'embrasser mon amie.
Partout dans le pays un accueil bienveillant,
L'intérêt qu'à Rhut même a pris chaque habitant ;
Tant de motifs divers leur heureuse influence,
En disposant mon cœur à la reconnaissance,
Pour moi de la tristesse allègent le fardeau.
Et semblent me sourire au bord de mon tombeau.

RACHEL.

J'entre dans tes pensers, et plus que toi j'espère
Que bientôt va pour toi luire un jour plus prospère.
Si le Ciel éprouvant sa résignation,
A pu lancer sur Job sa malédiction,
Satisfait de l'épreuve où parut sa sagesse,
Il mit bientôt après un terme à sa détresse,
Lui rendit des enfants, leurs fils et des troupeaux,
Ses tentes, son bagage, ainsi que ses chameaux.

NOÉMI.

On ne voit plus, Rachel, dans le siècle où nous sommes,
Le Seigneur sur la terre envoyer de tels hommes.
Comme la foi partout baisse dans Israël,
Chaque jour parmi nous le pouvoir éternel
Se manifeste moins par d'éclatants miracles :
A peine du Très-Haut annonçant les oracles,
Auprès de l'Arche-Sainte un prêtre, quelquefois,
Aux Hébreux prosternés révèle encor ses lois.

RACHEL.

De la terre et des cieux l'ordonnateur suprême
En tout et pour toujours est digne de lui-même,
Soit sur le Sinaï, dans toute sa grandeur,
Dans les cœurs des mortels il jette la terreur,
Ou qu'il nous semble au cours d'une marche commune,
Qu'il livre les humains aux jeux de la fortune ;

Son pouvoir un moment ne cesse point d'agir,

De régler le présent ainsi que l'avenir,

Et parmi nos tribus, quelquefois divisées,

A des incursions si souvent exposées,

Qui pourrait, hors lui seul, en maintenant la paix,

Prolonger si longtemps les précieux bienfaits.

NOÉMI.

Dans le fond de mon cœur j'ai toujours cru de même ;

Si quelquefois j'ai pu, dans un chagrin extrême,

Douter que Dieu toujours veillât sur notre sort,

Je n'ai jamais tardé, en avouant mon tort,

D'admettre que pour nous s'il se montre sévère,

Il nous garde toujours les sentiments d'un père,

Ou jusqu'au dernier jour s'il pense nous punir,

C'est qu'après cette vie un meilleur avenir

Dévoilant tout-à-coup son énigme profonde,

Doit compenser alors les malheurs de ce monde.

RACHEL.

C'est ce qui fit toujours ma consolation

Aux jours où du malheur la tribulation

Vint à s'appesantir sur ceux que mon cœur aime,

Affliger mon pays ou m'atteindre moi-même ;

Mais si je crois qu'un jour cet avenir heureux

Devra de notre cœur satisfaire les vœux,

Cet espoir disposant mon cœur à se soumettre,

A ce que veut de nous notre souverain Maître ;

Ainsi que je m'afflige quand j'en ai le sujet,
Je pense aussi devoir faire trève au regret.
Quand Dieu juge à propos qu'à travers de la vie,
De quelques jours heureux la douleur soit suivie,
Imite donc Rachel, et pendant tout ce jour,
Des plaisirs qu'à Bethléem inspire ton retour,
Partage avec nous tous son heureuse allégresse ;
Assez de temps encor, les jours de la tristesse
Viendront luire pour toi, lorsque ton souvenir
Des pertes de ton cœur devra t'entretenir.

NOÉMI.

Si les glaces de l'âge, engourdissant mon âme,
Du feu de la jeunesse ont amorti la flamme ;
Si de ce qu'il ressent mon vieux et faible corps
Ne peut manifester qu'une part au dehors ;
Par cela que ma joie en est moins expansive
Dans le fond de mon cœur elle en est que plus vive.
J'arrive dans Bethléem, à peine si je crois
D'y retrouver quelqu'un qui pense encor à moi,
D'y prolonger encor quelques jours d'existence,
Y déposer mes os, mon unique espérance,
Et j'y trouve Rachel, ses enfants, son époux,
De sa part et des siens un accueil le plus doux.
Des sentiments pareils dans chaque Bethlémite ;
D'autre part, sûrement, par Dieu, même conduite

Rhut , dans ce même jour, en glanant dans les champs,
Possédés par Booz , notre proche parent ;
Après avoir reçu l'assurance certaine
Qu'elle peut chaque jour venir glaner sans gêne ,
Sur sa propre demande , entend le possesseur,
Consentir de mon champ à se rendre acheteur,
Si c'était là mes vœux au Seigneur, ma prière ,
J'étais loin d'espérer qu'il l'exauçât entière.

RACHEL.

Et moi j'espère plus.

NOÉMI.

Et quel est ton espoir ?

NOÉMI.

Celui que même hier je te fis entrevoir.

NOÉMI.

Booz épouser Rhut , Rachel !

RACHEL.

C'est cela même.

Quel obstacle y vois-tu ?

NOÉMI.

Notre misère extrême.

RACHEL.

Et bien c'est pour cela que j'en augure mieux ;
Témoin à ton égard de tant de soins pieux,
Le Ciel en se montrant à ta fille propice ,
Va par cette union dévoiler sa justice.

NOÉMI.

Mais elle tarde bien, je ne l'aperçois pas.

RACHEL.

Elle devait nous suivre en marchant sur nos pas.

NOÉMI.

Du champ de mes aïeux pour conclure la vente,
Avec moi dans ces lieux à cette heure présente,
Elle sait bien pourtant qu'elle doit s'y trouver.

RACHEL.

Près de nous de Bethléem je la vois arriver.

~~~~~~~~~

SCÈNE DEUXIÈME.

NOÉMI, RACHEL, RHUT.

NOÉMI.

Ton retard à nous joindre occupait ma pensée.

RHUT.

Pour vous suivre de près je m'étais empressée,
Lorsque, non loin d'ici, Booz en m'approchant,
Après m'avoir parlé de la vente du champ,
Ajoute que, d'après la loi du grand Moïse,
Si je veux me soumettre à tout ce qu'elle exige,
Accepter à la fois et sa main et son cœur

Il bénira le Ciel et moi de ce bonheur.
Interdite d'abord, je garde le silence ;
Mais bientôt je réponds : une telle espérance,
Pour Rhut de vos bontés attendre un tel excès,
N'ont pu dans mon esprit, Seigneur, avoir accès.
Prendre part dans vos champs aux travaux de la terre,
Comme tous vos ouvriers recevoir le salaire
Et recueillir après sur le sol répandus
Les débris des produits qui se seraient perdus ;
Telle fut et telle est, Seigneur, ne vous déplaise,
L'espérance qui peut encor me remplir d'aise.
La surprise, à ces mots, se peignant sur son front,
Et voulant dissiper tout soupçon d'un affront,
Seigneur, ai-je ajouté, répondre à votre grâce,
Près de vous comme épouse en ce jour prendre place,
Si pour Rhut ne peut être le sujet de ses vœux,
N'y voyez pas pour cause un penser dédaigneux,
Il est dû en entier à la douleur qu'en elle
Nourrit de Malsalon la perte si cruelle.
Alors, sans insister, Booz dit seulement :
Pour joindre votre mère allez incessamment.
Bientôt j'irai moi-même, allez lui tout apprendre,
Peut-être l'ayant ouïe, pourrez-vous condescendre.

NOÉMI.

S'il fallait à celui qui posséda ton cœur
Ne devoir seulement donner qu'un successeur,

Tu ne me verrais point te presser la première
Et faire plus encor, descendre à la prière,
Afin que de Booz en remplissant les vœux,
Tu puisses t'assurer un avenir heureux ;
Mais de nouvelle épouse en acceptant la place,
Il s'agit de mon fils de continuer la race,
De voir renaître en eux le nom de mon époux.

RHUT.

Comment cela se peut, ma mère, expliquez-vous ?

NOÉMI.

Telle est pour Israël la loi qu'un Dieu suprême,
Lui prescrivit jadis sur le Sinaï même,
Quand pour tout disposer avec solidité,
Et conserver le nom avec l'hérédité,
De celui qui d'abord la reçut en partage,
Il voulut que la femme ainsi que l'héritage,
De cet Israélite ou bien des descendants
Au tombeau descendu sans avoir des enfants,
Du parent le plus proche en partageant la couche,
De son premier mari rajeunissant la souche,
Perpétuât du nom la filiation,
Telle est de cette loi l'expresse injonction.

RHUT.

Quoi ! me soumettre encor aux lois du mariage.

RACHEL.

Quel mal peut-on y voir, on le peut à votre âge.

RHUT.

Oublier Malsalon, choisir un autre époux.

RACHEL.

Vous ne l'oublirez point.

RHUT.

Pour mon cœur c'est si doux.

RACHEL.

Eh bien ! par cela seul vous devez condescendre ;

Vous devez, chère Rhut, cet honneur à sa cendre ;

Son nom vivra par vous et pour vous quel plaisir

D'entendre de nouveau ce nom à l'avenir,

De presser dans vos bras tous beaux de leur jeunesse

Ces enfants envers vous, modèles de tendresse,

Un espoir si heureux ne peut vous ébranler.

RHUT.

Veuve de Malsalon, puis-je me consoler ?

RACHEL.

Et pourriez-vous penser que Noémi, sa mère,

Pour arrêter le cours de sa tristesse amère,

Tantôt de son parent eût appuyé les vœux.

RHUT.

Mon cœur pour la juger est trop respectueux.

RACHEL.

Ces mots de votre sens me prouvent la justesse.

NOÉMI.

Je conçois ton refus et ta délicatesse :

Prendre un nouvel époux et garder dans son cœur
Pour son premier mari la première ferveur,
Te paraît, je le crois, indigne de ton âme.

RHUT.

Brûlant au fond du cœur d'une bien juste flamme,
Pourrai-je, en me rendant à vos propres désirs,
Auprès de Booz même arrêter mes soupirs.

RACHEL.

Il ne saurait en vous blâmer une tristesse
Dont la source provient d'un excès de tendresse
Pour l'époux dont jadis vous partagiez le sort,
Et qui fut à vos yeux moissonné par la mort.

RHUT.

Le tort devient plus grand aux yeux de l'indulgence.

RACHEL.

Quelques instants encor supportez mon instance,
Disposée à louer hautement vos vertus,
Je ne puis cependant louer votre refus.

RHUT.

Hélas !

RACHEL.

Vous regrettez le pays moabite.

RHUT.

Femme de Malsalon, je suis Israélite.

RACHEL.

Eh bien ! par ces seuls mots vous devriez entrevoir
Que d'épouser Booz c'est pour vous un devoir.
La loi de Dieu le veut, toujours juste, équitable,
Lui résister, pour vous, c'est vous rendre coupable.

RHUT à Noémi.

Ah ! ma mère.,,

NOÉMI.

O ma fille !

RHUT.

Il me faut obéir.

NOÉMI.

Je voudrais t'engager,

RACHEL.

Ah ! laissez-vous fléchir !

RUTH.

Je consens.

NOÉMI.

Le Seigneur te bénisse.

RACHEL.

Qu'il vous soit en tout temps favorable et propice,
Mais j'aperçois Booz, il vient auprès de nous.

SCÈNE TROISIÈME.

———

RACHEL, NOÉMI, RUTH, BOOZ.

BOOZ.

Que le Ciel nous regarde.

NOÉMI.

Et soit propice à tous.

BOOZ.

Du prix de votre champ la somme étant réglée ,
En prenant des témoins dans la foule assemblée ,
Nous pourrons à l'instant conclure devant eux.

RACHEL.

Mais est-ce là , Booz , que vous bornez vos vœux.

BOOZ.

Si Rhut, par vos conseils , leur était favorable ;
Rien autre que leur fin ne m'est plus agréable.

NOÉMI.

Par elle seulement nous les avons connus.

RACHEL.

Et nous sommes fort loin d'approuver son refus.

RHUT.

S'il vous plaisait d'ouïr une pauvre étrangère ,
Peut-être le refus ne saurait vous déplaire :
J'avais un tendre époux, je l'aimais bien aussi,
Je ne l'ai plus , à Dieu qui le voulut ainsi,

Chaque jour, chaque nuit j'adresse ma prière,
Pour qu'il lui fasse voir la céleste lumière;
Je l'aime donc toujours, il existe en mon cœur,
Et me donnant à vous, respectable Seigneur,
Pardonnez mon discours, je sens que dans moi-même
Devra régner toujours celui que mon cœur aime.

BOOZ.

Loin que je pense en prendre ombrage ou déplaisir,
Si d'accepter ma main vous voulez consentir,
M'accorder quelque part d'une telle tendresse,
D'un motif aussi pur, respectant la tristesse,
Quand vous déplorerez votre premier époux,
Moi-même j'y viendrais compatir avec vous.

RHUT.

De la loi du Seigneur empruntant le langage,
Afin que, par devoir, je renonce au veuvage,
Rachel et Noémï, je dois tout révéler,
Tantôt par leurs discours avaient pu m'ébranler;
Mais vous, dans ce moment, puisqu'il faut vous le dire,
Vos discours à vos vœux me portent à souscrire,
Achèvent tout-à-fait de me persuader,
Qu'il serait mal à moi de ne point vous céder.

BOOZ.

De ce consentement, ô femme intéressante!
J'entends avec plaisir la parole touchante,

Et telle est de mon cœur la douce émotion,
Que pour vous la marquer, manquant d'expression,
En ce simple discours je ne puis que vous dire
Que si des jours passés en cédant à l'empire,
Je ne puis plus aimer comme je fis jadis.
Je saurai en tout temps sentir tout votre prix.

RHUT.

De vos pensers, seigneur, vous ne devez point compte,
Fallut—il du mépris envisager la honte,
Quoiqu'il puisse arriver, vous serez mon époux,
Et par là moi toujours satisfaite de vous.

RACHEL.

Quels heureux sentiments !

NOÉMI.

Booz et toi, ma fille,
Seul reste, dans ce jour, de ma triste famille,
Le Seigneur ne saurait, déguisant son courroux,
Pousser tant de ressorts pour unir deux époux,
Espérons que plus tôt unis sous son auspice,
Vous saurez en tout temps vous le rendre propice,
Et qu'écartant de vous des soupçons orageux,
Vous coulerez en paix des jours longs et heureux.

BOOZ.

Cet espoir de mon cœur sera toujours l'attente.

RACHEL.

Oh ! comme je suis aise ici d'être présente.

BOOZ.

Mais il est temps, je vais, choisissant dix témoins,

Parmi ceux à leurs champs qui vont donner leurs soins,

Exact observateur de la loi de Moyse,

Exécuter en tout de nous ce qu'elle exige.

~~~~~~~~

SCÈNE QUATRIÈME.

—

NOÉMI, RACHEL, RHUT, BOOZ, PHARÈS, autre proche
parent de Rhut; troupe de Bethlémites allant aux champs avec
leurs instruments d'agriculture, pour travailler la terre ou
pour moissonner. Noémi, Rachel, Rhut sont du côté du théâtre opposé à la porte de la ville; Booz, Pharès et les autres res-
tent près de la porte de Bethléem.

BOOZ.

Vous tous qui de Bethléem êtes les habitants,

Permettez que Booz, durant quelques instants,

Sous ces arbres touffus et leur feuillage sombre,

De dix concitoyens retienne ici le nombre.

Un Habitant.

Nous voici tous, chacun pour te faire plaisir

Est prêt de s'arrêter au gré de ton désir.

BOOZ.

Eh bien ! apprenez tous le motif qui m'engage

A venir réclamer de vous un témoignage :

Ecoutez mon discours : il n'est nul d'entre vous
Qu'ici de Noémi ne sache que l'époux ,
Celui qui nous quitta pour fuir la famine ,
Ayant avec Booz une même origine ,
Par les liens du sang à lui n'ait été joint.

UN HABITANT.

C'est un fait avéré.

UN AUTRE.

Nous ne l'ignorons point.

BOOZ.

Noémi dans Bethléem , après longues années,
Y vient enfin finir ses tristes destinées,
Vous le voyez : elle est sans enfants, sans époux.
La mort bien loin d'ici les a moissonnés tous.
Un seul être auprès d'elle en forme la famille ,
C'est Rhut , qu'elle chérit comme sa propre fille ,
Sans moyens , sans argent , et ne pouvant , hélas !
Mettre un champ en culture avec ses propres bras.
Du champ de son mari , son unique héritage ,
Que ne sillonne plus le soc du labourage ,
Elle m'a proposé de lui faire l'achat,
Inculte , sans produit et d'un terrain ingrat,
Ce n'est point le profit qui m'y fait condescendre ,
Je vous en rends témoins : toutefois d'y prétendre ,
Si l'un de nos parents, au terme de la loi ,
Pensait, comme plus proche, avoir le même droit,

Qu'il parle et s'il veut bien donner la même somme,
Qu'aussitôt le contrat devant nous se consomme.

PHARÈS.

C'est moi-même, Booz, qui crois avoir ce droit.

BOOZ.

Je le sais.

Un Habitant.

C'est ainsi.

Un autre.

C'est su de tout l'endroit.

BOOZ.

Eh bien ! pour qu'envers vous la vente soit légale,
Donnerez-vous du champ une valeur égale
A celle que je dois compter à Noémi ?

(A part.)

Qu'ai-je dit ? il le faut ; mon cœur en a frémi.

PHARÈS.

Mais pour prendre un parti, faites-la moi connaître.

BOOZ.

Mille pièces d'argent je compte lui remettre.

PHARÈS.

Une somme pareille à mes yeux sûrement,
Au-dessus du vrai prix se trouve infiniment,
Et pour vous aussitôt, tout prêt à me démettre,
Du droit que par le sang je tiens de mon ancêtre.

Ici même devant tout le peuple assemblé ,
Par le signe voulu l'accord serait scellé.
Si l'aspect dans Bethléem de Rhut , notre parente ,
Ebranlant tout-à-coup mon âme indifférente ,
A devenir époux n'avait poussé mon cœur,
Vous ne l'ignorez pas , par la loi du Seigneur ;
De Rhut comme j'ai pu réclamer le domaine ,
Pour elle encor cédant au penser qui m'entraîne ,
Je puis de ma parente , en réclamant la main ,
La voir bientôt ma femme et mon bonheur prochain.

BOOZ (à part).

Quel contre—temps fâcheux ! la pénible ouverture !
Pharès est jeune encor, d'agréable figure ,
Sur l'esprit de la femme on a vu que toujours.. ,
De Rhut espérons mieux.

(Haut à Pharès.)
Je cède à ce discours.

Et si Rhut le veut bien , quoiqu'en pense mon âme ,
Je ne puis retenir ni le champ, ni la femme.
Elle est tout près d'ici , je vais pour l'appeler.

(A Rhut.)

Vous avez dû tantot ouïr le pourparler
Entre Pharès et moi.

RHUT.
Rhut en connait la cause :

Pharès, notre parent, à vos projets s'oppose,

Et réclamant ma main il use de ses droits.

Mais moi, parmi vous deux, je dois faire mon choix.

BOOZ.

Pour ôter tout motif d'avoir été contrainte,

Ne vous laisser enfin ni regret et ni crainte,

Sous les yeux des témoins, Booz en ce moment

Vous priant d'agréer tout son remercîment.

Et vous rendant enfin ici votre promesse,

De choisir qui vous plaît vous êtes la maîtresse.

RHUT.

Allons, puisqu'il le faut.

RACHEL.

Vous choisir un époux.

RHUT, en marchant à côté de Noémi, lui dit :

Appuyez-vous, ma mère.

(A Booz.)

Et vous, précédez-nous.

SCÈNE CINQUIÈME.

Les précédents, NOÉMI, RACHEL, RHUT.

RHUT.

Près de vous pour venir chercher une demeure,

Habitants de Bethléem, hier encor à cette heure,

6

Là-bas dans ces vallons, pleines d'abattement,
Rhut avec Noémi cheminaient lentement,
Des pertes de leur cœur l'une et l'autre occupées,
De votre accueil futur aussi préoccupées;
Je parle franchement, l'avenir dans ces lieux
Loin d'être ce qu'il est maintenant à leurs yeux,
A travers d'un ciel sombre et d'un épais nuage,
Du malheur ne pouvait que leur montrer l'image.
L'esprit préoccupé de ce futur destin,
A pas lents vers ces bords nous arrivons enfin.
Tout-à-coup le Seigneur (je suis votre doctrine)
Nous ouvrant les trésors de sa bonté divine,
Sans doute à notre égard en disposant les cœurs,
Avant même d'avoir réclamé vos faveurs,
Ma pauvre mère, hélas! comme vous, Bethlémite,
Et moi bien qu'à vos yeux de race moabite,
Par l'accueil le plus doux, impossible à prévoir,
Nous voyons en ce jour dépasser notre espoir.
Que ton nom soit béni, Dieu puissant et sublime,
Accepte de mon cœur l'hommage légitime,
Cet hommage t'est dû, veuille bien l'accepter,
Et si propice à Rhut, tu daignes l'écouter,
Diriger sur Bethléem un œil de complaisance,
Envers lui l'acquitter de sa reconnaissance;
Son cœur, s'il se pouvait, sentirait chaque jour
Redoubler envers toi son zèle, son amour.

Un Bethlémite.

Ainsi que les parfums de l'encensoir du prêtre
S'élèvent tout-à-coup vers le souverain Maître,
Puisse, Rhut, ta prière à ses pieds parvenir.

Un autre.

Puisse-t-il t'écouter et daignant nous bénir,
Sur nous comme sur toi fixant un œil propice,
Nous tendre de son trône une main protectrice.

RHUT.

De votre bon accueil pleinement satisfait ;
Jamais le cœur de Rhut n'oubliera le bienfait :
Mais je dois revenir au sujet qui m'amène,
Entre mes deux parents il est temps que je prenne
Le parti de choisir l'un d'eux pour mon époux ;
Hélas ! sur Malsalon, déployant son courroux,
Depuis que des vivants Dieu l'enleva du nombre,
Mon cœur livré sans cesse au chagrin le plus sombre,
Le jour n'était pour moi qu'un pénible fardeau
Et je n'aspirais plus qu'à le suivre au tombeau ;
Le sort de Noémi, de cette pauvre mère,
Sur le sol étranger livrée à la misère,
L'espoir que je conçus de lui prêter secours,
De mes chagrins profonds en modérant le cours,
Me vécus et bientôt volontaire exilée ;
De Moab pour toujours sortant de la vallée,

Non sans lui faire, hélas ! de bien tristes adieux,
Je suivis Noémi pour me rendre en ces lieux ;
J'étais loin de prévoir qu'il me flattait encore,
Le cœur plein de celui que toujours je déplore,
Prendre un nouvel époux, et dès le lendemain
D'un nouveau mariage essayer le destin ;
C'est ainsi de Booz qu'écoutant l'ouverture,
Si propre de mon cœur à rouvrir le blessure,
Malgré que son motif fût son affection,
Je rejetai d'abord sa proposition .
Et tel serait encor mon refus à cette heure,
Si cédant du Très-Haut à la loi supérieure,
Bientôt je n'avais dû, par mon consentement,
Penser à me soumettre à son commandement.
Soumise avec respect à ton désir suprême ,
Eclaire-moi, Seigneur, c'est encor de toi-même,
Dans le choix d'un époux par ma propre option,
Que je veux correspondre à l'inspiration.
Oui c'est toi, je le crois, c'est ta main qui, sans doute,
Vers les champs de Booz dirigeait hier ma route.
C'est toi qui le rendis si bon à mon égard,
Qui sur moi de ses yeux arrêtant le regard,
Fit incliner son cœur et diriger son âme,
Dès le premier moment à me choisir pour femme,
Pourrais-je ne pas voir dans des faits si marquants,
Des volontés du Ciel les signes éclatants,

Et ne pas lui prouver, par mon obéissance ,
Envers ses saints avis ma prompte déférence.
Mettant donc, ô Booz! un terme à mon refus ,
De me donner à vous je ne balance plus.

BOOZ.

Vous l'avez entendu.

UNE BETHLÉMITE.

Elle s'est prononcée.

UNE AUTRE.

Jamais nous ne saurions oublier sa pensée.
Le choix est évident.

BOOZ.

Pharès, qu'en dites-vous ?

PHARÈS.

Que Rhut dans ce moment vous choisit pour époux ,
Et que la préférence ici qu'elle vous donne
Annule tous les droits qu'au champ, à sa personne ,
Je tenais seulement de la loi du Seigneur.
Vous seul avez le droit d'en être possesseur.

BOOZ.

Pour ne laisser nul doute et d'après notre usage,
Pharès de votre main vous me devez le gage.

PHARÈS.

Eh bien ! soit, la voilà.

UNE BETHLÉMITE.

L'obstacle est applani.

6.

UNE AUTRE.

Nous en sommes témoins, votre accord est fini.

UNE AUTRE.

Si je ne me trompais, à l'air de sa figure,
Vous diriez que Pharès trouve la chose dure.

UN AUTRE.

Après avoir vu Rhut, franchement j'en conviens,
Que perdre en même temps et la femme et le bien.
C'est jouer de malheur.

PHARÈS.

        Eh! que voulez-vous faire?

Si Rhut aimant Booz à Pharès le préfère,
Après tout, du motif dont d'après mon désir,
J'avais dû tantôt perdre ici le souvenir,
De perpétuer mon nom, réveillant l'espérance,
Je ne puis avec Rhut regretter l'alliance,
D'une première femme ayant eu des enfants,
Booz a pour laisser et son nom et ses champs,
Et moi vous le savez, n'ayant point eu de femme,
Si Rhut eût satisfait aux désirs de mon âme,
De la loi du Seigneur, telle est la volonté.
Parmi mes descendants mon nom n'est plus compté.

UN BETHLÉMITE.

Pour prendre son parti le prétexte est plausible.

UN AUTRE.

D'essuyer un refus il est toujours pénible.

Un autre en plaisantant.

'harès n'y peut atteindre, il n'en veut plus, dit-il.

BOOZ.

:'est assez : le propos peut paraître incivil ;

*ermettez , d'entre vous pour que nul ne l'ignore ,

Iabitants de Bethléem , je sollicite encore

ci votre présence et votre attention :

'ous savez de **Pharès** la déclaration ;

:t qu'après de sa main m'accordant le symbole ,

'ai pour garant ce signe et sa propre parole.

Ihut, par son vœu tantôt exprimé devant vous ;

. bien enfin voulu me choisir pour époux.

I n'est donc plus pour moi nulle valable cause

ui, contraire à mes vœux , en ce moment s'oppose ,

'our que bientôt de Rhut devenu possesseur,

e puisse de ce don remercier le Seigneur.

RHUT.

uisse-t-il , exauçant les vœux de ma tendresse ,

:n prolongeant vos jours bien loin dans la vieillesse ,

xempt de tout malheur, de toute infirmité ,

ous conserver, Booz, à mon intimité.

BOOZ.

llons donc l'implorer et demander au prêtre ,

·e la terre et des cieux qu'en invoquant le Maître ,

attire sur nous et sur notre union

e ses puissantes mains la bénédiction.

Un Bethlémite.

Avec empressement la foule tout entière,
Prenant part à ta joie ainsi qu'à ta prière,
Vers la maison de Dieu marcherait sur tes pas,
Si la moisson ailleurs ne réclamait nos bras.

Un autre.

Quelle eût été ma joie en marchant sur tes traces,
D'aller au Créateur avec toi rendre grâces,

Un autre.

Cette joie est pour nous, et vous, mes chers amis,
Dont les travaux des champs hier ont été finis,
Libres de tout souci et sans sollicitude.
Je lis de ce penser en vous la certitude.
Accompagnons Booz à la maison de Dieu,
Et faisons de nos chants retentir le saint lieu.

Un autre.

Et vous dont la moisson réclame les faucilles,
Pourquoi même à l'instant, femmes, hommes et filles,
Ne point lui adresser d'une commune voix,
Et nos remerciments et nos vœux à la fois.
De vous donner l'exemple accordez-moi la grâce.

Un autre.

Dieu rends auprès de lui la prière efficace!

Le Précédent.

De ton pouvoir sacré, quelques soient les décrets,
Nous ne saurions, Seigneur, témoins de leurs effets,

Peser au poids du blâme , atteints du malheur même ,

La cause ni le but de ton pouvoir suprême.

Il n'est rien que de juste en tout ce que tu veux ,

Et quelque soit le sort heureux ou malheureux ,

Au vrai fils d'Israël, qui échoit en partage ,

Toujours à ta justice on le voit rendre hommage ;

Ainsi quand de son cœur envers ta sainte loi ,

Il a laissé languir ou diminuer la foi ,

Dans la punition que ta justice inflige ,

Il ne voit que le bras d'un père qui corrige ,

Comme lorsqu'envers toi reconnaissant son tort ,

Un seul de tes regards vient adoucir son sort ;

Dans les bienfaits pour lui que ta faveur accorde ,

Il ne voit qu'un effet de ta miséricorde.

L'Égypte , le désert , les rives du Jourdain

Et ces lieux où plus tard dirigé par ta main ,

Les enfants d'Israël eussent pu dans leurs villes

Comme au milieu des champs couler des jours tranquilles,

De rigueurs tour à tour et de propices soins,

Effets de ton pouvoir fussent souvent témoins :

A tel point Israël indocile à toi même ,

Méconnut si souvent ta volonté suprême ;

D'une heureuse abondance interrompant le cours,

Il se plut de livrer , hélas ! c'est de nos jours ,

Israël tout entier aux maux de la dissette ,

Le silence d'abord , plus de chant , plus de fête ,

La crainte dans l'esprit, l'angoisse au fond du cœur.
Bientôt la défaillance et la pâle maigreur
Offrent dans Israël un tableau dont la vue
Redouble la frayeur de la foule éperdue.
Les uns de leur pays poussent jusqu'aux confins,
S'en vont de leurs amis solliciter le pain ;
D'autres plus résolus, que le besoin excite,
Non sans quelque regret, en passent la limite,
Et vont de l'étranger réclamer par pitié
Les secours que ne peut leur donner l'amitié.
Mais, hélas ! ils fuyaient en vain la destinée,
Par toi seul de tout temps, Seigneur, déterminée,
Notre soumission désarmant ton courroux,
Tu redevins enfin secourable envers nous.
A la miséricorde a cédé la colère,
L'abondance renaît, les produits de la terre
Sur le sol d'Israël multipliés par tes soins,
Ont pourvu pleinement à nos pressants besoins ;
Mais si d'avoir, Seigneur, ramené l'abondance,
Nous devons t'exprimer notre reconnaissance,
Nous ne saurions jamais oublier qu'en ce jour,
Tu viens de ramener et rendre à notre amour,
Préservé, par toi seul, d'une atteinte funeste,
Des enfants d'Israël un déplorable reste.
Veuille bien continuer de leur prêter appui.
Et propice à nos vœux achever aujourd'hui

A son heureuse fin d'amener ton ouvrage,
De Rhut et de Booz le prochain mariage.

UN AUTRE.

Oui, c'est de toi, Seigneur,
Des enfants d'Israël souverain protecteur,
Que vient cette hyménée
Qui de Rhut et de Booz joindra la destinée.

UN AUTRE.

Et qu'elle autre que toi
Eût pu conduire Rhut à travers mille craintes,
Sans avoir du malheur ressenti les atteintes.

UN AUTRE.

A ta suprème loi,
Dans la nature entière,
Tout cède sans efforts,
L'esprit et la matière.

L'âme qui, par ton ordre, ici-bas jointe au corps,
Désire et craint de voir se briser ses ressorts,
Comme l'ange du ciel, pure et céleste flamme,
Œuvre que tu chéris, seul produit de ton âme.

UN AUTRE.

C'est toi qui de Booz a disposé le cœur,
En prenant Rhut pour femme, à faire son bonheur.

UN AUTRE.

C'est ainsi tôt ou tard,
Céleste Providence,

Dissipant du hasard
Une fausse influence ,
Que tu viens dérouler sous les yeux des humains ,
Les secrets inconnus , moteurs de tes desseins.

Un autre.

L'exemple est évident ;
Il est incontestable.

Un autre.

Puisse Dieu bien souvent
A mes vœux favorable ,
Manifestant ainsi ta puissance à nos yeux ,
Se montrer bienveillant aux êtres vertueux.

Un autre.

Quelle n'est point ma joie !
De connaître et de voir, Seigneur, par quelle voie ,
De Rhut la Moabite en cet heureux instant ,
Tu viens glorifier le parfait dévoûment.

Un autre.

Dieu récompense la vertu ,
Dieu récompense la sagesse ,
Et sous le malheur abattu ,
Dans le comble de la détresse ,
Si l'être sage et vertueux
Gémit souvent plein de tristesse.
Parfois aussi propice aux malheureux ,

Manifestant les coups de ta justice,
Dieu les retient aux bords du précipice,
Et sa clarté dans leurs jours ténébreux,
Fait luire enfin le bonheur à leurs yeux.

UN AUTRE.

nsi pour la vertu, céleste Providence,
isses-tu nous montrer souvent sa bienveillance,

RACHEL.

En t'admettant chez son peuple chéri,
Et te donnant parmi nous un mari,
Seigneur ne fait rien, heureuse Moabite ;
i ne dût à nos yeux répondre à ton mérite.
Si pour toi cette même faveur,
Ne t'admettait au glorieux honneur
D'être comptée un jour peut-être,
Comme un bienheureux ancêtre
De celui qui jadis
A nos parents promis,
it un jour rallier sous la même bannière,
us ces peuples épars dessus la terre entière.

NOÉMI.

cet espoir commun aux enfants d'Israël,
n cœur nourrit longtemps la pieuse pensée,
perdis mes deux fils et dès ce jour cruel,
Elle en fut effacée.

7

Par un effet de sa bonté,

Le Seigneur en ce jour la ranime,

Grâces ! grâces à toi dont le pouvoir sublime,

Ne peut être arrêté que par ta volonté,

Pour le séjour que ta bonté destine

A ceux qui de Jacob tirent leur origine,

A ton désir je puis partir en paix ,

Par cet espoir mes vœux sont satisfaits.

NÉRIE.

De ma joie en témoignage ,

Si vous tous , amis , parents ,

De mon timide langage,

Vous permettez les accents ,

A Rhut que Dieu soit propice ,

Ma voix lui demandera :

Vous m'approuvez, Dieu vous bénisse ,

Oh ! je crois qu'il m'écoutera.

Ce n'est point par vaine gloire ,

Que de Dieu j'ai cet espoir ;

Près de vous j'appris à croire

Qu'un enfant peut l'émouvoir ;

Mais combien à ma prière ,

Le Seigneur mieux se rendra,

Quand à mes vœux la ville entière

A le joindre s'empressera.

Éprouvant dans ta sagesse
L'être ami de la vertu ,
Si ta main parfois le laisse ,
Sous le malheur abattu ,
Ne prolonge point l'épreuve
A qui ta main la livra ,
Que de pitié ton cœur s'émeuve
Et la vertu te bénira.

A Rhut de ton bras propice,
O Dieu puissant prête l'appui ,
Qu'à Booz sous ton auspice ,
 L'hymen la lie aujourd'hui ;
Applanis-lui la carrière,
Qu'en paix elle parcourra ;
Et jusqu'à notre heure dernière
Chacun de nous le bénira.

FIN.

OFFICE DES MORTS.

OFFICE DES MORTS.

A VÊPRES.

Antienne : Je plairai au Seigneur.

PSAUME 114.

Dilexi quoniam exaudiet Dominus.

Je veux aimer de tout mon cœur
Dieu , mon Principe et mon Sauveur,
Parce qu'il a daigné m'entendre,
A ma prière condescendre.

Oui , je l'invoquerai toujours,
En l'appelant à mon secours ;
Il veut à ma voix plaintive
Prêter une oreille attentive.

A l'aspect cruel de la mort,
Je pleurais sur mon triste sort,
Quand de l'enfer la sombre crainte
Vint du malheur doubler l'étreinte.

En proie à ce cruel penser,
Troublé jusqu'au fond de ma chair ;
Dans la divine Providence
Je mis alors ma confiance.

Pour moi toujours compatissant,
Sauve mon âme, Dieu puissant
Toujours enclin à faire grâce,
Sois mon protecteur efficace.

Protecteur puissant des petits ;
Tu protèges les cœurs contrits ;
Sitôt que je fléchis ma tête,
Tu me gardes de la tempête.

Mon âme, à l'abri de tous maux,
Tu peux entrer dans le repos,
Mettant un terme à ma détresse,
Dieu de ses biens te fait largesse.

Bénis, bénis ton heureux sort,
Tu ne redoutes plus la mort ;
Pour toi plus de peur, plus d'alarmes,
Pour tes yeux jamais plus de larmes.

Quel sujet pourrait t'alarmer !
Quel désir pourrais-tu former :
A son Seigneur être agréable,
Est-il un bien plus délectable ?

Seigneur favorable à nos vœux,
Accordez un repos heureux
A ceux qui reposant sous terre.
Se confient en nos prières.

PSAUME 119.

Ad Dominum, cum tribularer, clamavi.

Du Seigneur, dans l'affliction,
J'invoquerai la protection ;
Sensible au cri de ma détresse,
Il a secouru ma faiblesse.

Seigneur, Seigneur, délivrez-moi
Des esprits de mauvaise foi,
De leur souris faux et parjure
Et de leur langue d'imposture.

Est-ce un fléau plus destructeur
Que l'homme parjure et trompeur ;
Qu'espérer de sa bouche impure,
Sinon un surcroît de souillure ?

Ainsi qu'au loin des traits perçants
Sont lancés par des bras puissants,
Ainsi qu'un charbon qui désole,
Le trompeur lance sa parole.

Hélas ! hélas ! dans mon exil,
Je vois prolonger mon péril,
De Cedar habitant la terre,
Mon âme y vit en étrangère.

Pacifique dans mes souhaits,
Près des ennemis de la paix,
Pensais-je en faire l'ouverture,
Ils répondaient par une injure.

Seigneur, favorable à nos vœux,
Accordez un repos heureux
A ceux qui reposant sous terre,
Se confient en nos prières.

PSAUME 120.

Levavi oculos meos ad montes.

Vers la montagne et les hauts lieux,
J'ai dirigé soudain mes yeux,
Espérant voir bientôt descendre
Ceux qui sont prêts à me défendre.

Mais en vain j'attends du secours,
J'ai vu passer les nuits, les jours,
Le Dieu qui fit le ciel, la terre,
Sera le seul en qui j'espère.

Voudrait-il, l'ayant appelé,
Que votre pied fût ébranlé?
Incessamment il vous regarde
Pour vous servir de sauvegarde.

Il ne saurait jamais dormir,
Ni même un instant s'assoupir,
Le Dieu qui par sa pure grâce,
D'Israël protége la race.

Lui seul est votre Protecteur,
Votre Guide et votre Sauveur,
Pour prévenir toute menace,
A votre droite il prend sa place.

Le soleil brillant de splendeur
Te brûle en vain de sa chaleur,
La lune au ciel dans sa carrière
T'effleure en vain de sa lumière.

Par privilége spécial,
Dieu te préserve de tout mal ;
Puisse-t-il veiller sur ton âme,
Et la préserver de tout blâme.

A ton arrivée ici-bas ,
Dans le moment de ton trépas ,
Maintenant à jamais , sans cesse ,
Qu'il te protége en ta détresse.

Seigneur favorable, etc., etc.

PSAUME 129.

De profundis clamavi.

Du lieu profond et ténébreux ,
Où je me trouve malheureux ,
J'ai mis en Dieu ma confiance
Et réclamé son assistance.

Seigneur, Seigneur, sois attentif,
Entends vers toi mes cris plaintifs .
A ma prière sois propice ,
Tends-moi ta main libératrice.

Si d'après nos iniquités,
Seigneur, Seigneur, vous nous traitez,
Qui soutiendrait votre justice,
Nous, pécheurs, esclaves du vice.

De ta pitié nous attendons,
Pour nos péchés tes saints pardons,
De tes lois la paisible attente
Me satisfait et me contente.

Dans le Seigneur me confiant,
Je veux être son suppliant ;
En cet espoir qui me console,
Mon âme croit à sa parole.

Dans ce moment où le jour luit
Jusqu'aux ténèbres de la nuit,
Israël plein de confiance,
A mis en Dieu son espérance.

De pitié le Seigneur touché,
Pour nous relâcher du péché,
Verse, sur l'âme pénitente,
Sa grâce efficace et puissante.

Pour la garantir de la mort,
D'Israël déplorant le sort,
Il le délivre de l'abîme,
En le rachetant de son crime.

Seigneur favorable, etc., etc.

PSAUME 137.

Confitebor tibi, Domine.

Avec tout l'élan de mon cœur,
J'exalterai ton nom, Seigneur,
Et rendrai grâce à ta justice
D'être pour moi bonne et propice.

Des anges me joignant au chœur,
Je célébrerai ta grandeur,
Et me tournant vers ton saint temple,
Je chanterai à leur exemple.

Quand j'aurai dit la charité
De tes discours la vérité,
Du nom que tu couvres de gloire,
Je glorifierai la mémoire.

Aussitôt que je vais vers toi,
Je t'en supplie, exauce-moi;
Seigneur, reconforte mon âme
Au feu de ta divine flamme.

De la terre que tous les rois,
Pour te louer joignent leurs voix;
Ils ont tous ouï ta parole
Pour leur repos si bénévole.

Que sur tes pas, dans tes sentiers,
Marchant en tête les premiers,
Ils célèbrent la bienveillance,
Et sur eux ta toute-puissance.

Planant sur la terre et les cieux,
Tout se manifeste à tes yeux,
En haut, en bas, ton œil pénètre,
Jusque dans le fond de chaque être.

Suis-je accablé par le malheur,
Tu viens à mon secours, Seigneur,
Et me sauves de l'injustice
D'un ennemi plein de malice.

Est-il une protection
Pareille à ta compassiou,
Éternelle comme toi-même,
Elle est pour nous le bien suprême.

Seigneur favorable, etc., etc.

CANTIQUE DE LA VIERGE.

Luc, 1.

ANTIENNE : Tout ce que mon père me donne.

Mon âme commande à ma voix
De célébrer le Roi des rois,
Et d'exalter dans un cantique
Son pouvoir infini, sa grandeur magnifique.

Obéissons à mon ardeur,
Célébrons le nom du Seigneur,
Exaltons la magnificence ,
Et de son cœur pour nous l'heureuse bienveillance.

Ce Dieu puissant du haut des cieux ,
Sur moi daigne fixer les yeux ;
Voyant sa bonté généreuse,
Les peuples désormais me diront bienheureuse.

Des cieux le Maître souverain
A daigné bénir mon destin,
Sans redouter aucun obstacle,
Il a produit en moi le plus grand des miracles.

Sa main s'ouvre dans tous les temps,
Pour récompenser ses enfants,
Et prenant en pitié leurs craintes,
Il se montre partout favorable à leurs plaintes.

Il punit les cœurs orgueilleux,
En déployant son bras sur eux,
Il veut et sa toute−puissance
Humilie à jamais les cœurs pleins d'arrogance.

Des chefs brisant l'autorité,
Ta main les a précipités;
Mais bientôt il met à leur place
D'hommes plus vertueux une plus humble race.

Il a des pauvres malheureux ,
Par ses bienfaits comblé leurs vœux ;
A l'être vain de sa richesse ,
Il a fait luire enfin les jours de la détresse.

Pour Israël, son serviteur,
Il manifesta sa grandeur,
En ce jour il tient sa promesse ,
Qu'il lui fit autrefois aux jours de sa jeunesse.

Heureux jadis de croire en toi ,
Abraham en reçut la foi ,
Et toujours ferme en sa croyance ,
Chacun de nos aïeux en garde l'espérance.

Seigneur favorable , etc,

ANTIENNE : Tout ce que mon père me donne viendra à
moi; je ne mettrai point dehors celui qui vient me trouver.

PATER NOSTER.

———

Auteur de l'univers, Père du genre humain,
Le seul Etre infini sans principe et sans fin,
Qui, quoique dans le ciel, ta sublime demeure,
N'es pas moins en tous lieux, partout à la même heure :
Puisse ton nom si grand, toujours sanctifié,
Par tout ce qui respire être glorifié ;
Puisse ta volonté, dans les cieux, sur la terre,
Ne trouver point d'obstacle à toi-même contraire,
     Puissions-nous tous au moment de la mort,
N'ouïr pas de ta bouche un jugement funeste,
Et de tes bienheureux pour partager le sort,
Etre introduits bientôt dans ton palais céleste.
Seigneur, tant qu'ici-bas nous serons voyageurs,
     De la disette écarte les malheurs,
Et donne chaque jour à chaque créature,
     Le pain qui doit être sa nourriture.
O Dieu puissant ! sois-nous propice et doux,
       Ne déploies point sur nous
       Ni ta rigueur, ni ta justice,
     Ecoute-nous d'une oreille propice,

Et des péchés commis contre ton nom.
Ah ! par pitié, remets-nous le pardon
Afin que nous usions de la même indulgence
Envers ceux qui nous ont fait offense.
Du penchant vers le mal,
Aux humains si fatal,
Seigneur, préserves-nous,
Préserves-nous sans cesse ;
Seigneur, que ta tendresse
Désarme ton courroux :
Pour nous sauver de l'éternelle flamme,
Puisses-tu, protecteur et du corps et de l'âme,
Veiller toujours sur eux, les garder du péril,
Et dire comme nous, Seigneur, ainsi soit-il.

PSAUME 145.

Lauda anima mea, Dominum.

Mon âme, exalte le Seigneur ;
Exalte-le dans sa grandeur,
Du jour que tu vis la lumière
Jusques au bout de ta carrière.

Dans les rois et dans leur pouvoir,
Ne place jamais ton espoir,
Du fils de l'homme en ta détresse,
Ne comptes pas sur la promesse.

Frappé du coup de la mort,
De sa prison son âme sort;
Sa chair est toute consumée,
Ses projets s'en vont en fumée.

Heureux celui dont le Seigneur
Se déclare le protecteur,
Lui qui créa le ciel, la terre,
Tout ce que l'univers enserre.

Protecteur de la vérité,
Il est le Dieu de l'équité;
Aux opprimés donne assistance,
Aux affamés la subsistance.

Des captifs brisant les liens,,
Il se déclare leur soutien ;
Comme à l'aveugle il rend la vue,
La raison à qui l'a perdue.

Il soutient ceux qui sont brisés,
Ceux qui sont mal organisés,
Chérit un cœur simple et modeste,
Le préserve d'un sort funeste.

Le Seigneur garde du danger
L'enfant, la veuve et l'étranger,
Et du pécheur, brisant la voie,
A son malheur le laisse en proie.

Dans tous les temps il règnera,
Dans tous les temps il prévaudra ;
Ton Dieu, Sion, dans tous les âges,
Sera le Maître sans partage.

Seigneur favorable, etc., etc.

8

℣. De la porte de l'enfer,

℟. Seigneur, délivrez leurs âmes.

℣. Seigneur, écoutez ma prière.

℟. Et que mes cris s'élèvent jusqu'à vous.

PRIONS.

O Dieu, qui avez mis au nombre des prêtres apostoliques ceux de vos serviteurs pour qui nous vous prions, en les élevant à la dignité pontificale (ou sacerdotale), faites, s'il vous plait, par votre grâce, qu'ils soient éternellement unis à la bienheureuse société de vos saints apotres. Par Notre-Seigneur, etc.

O Dieu, qui pardonnez les péchés, et qui aimez le salut des hommes; nous conjurons votre miséricorde d'accorder à tous ceux qui sont nos frères par le lien

d'une société particulière , à tous nos proches et bienfaiteurs qui sont sortis de ce monde , par l'intercession
de la bienheureuse Vierge Marie et de tous les saints,
la grâce d'être admis avec eux à la participation de la
béatitude éternelle. Par Notre-Seigneur, etc., etc.

O Dieu, qui êtes le Créateur et le Rédempteur de
tous les fidèles, donnez, s'il vous plaît , aux amis de
vos serviteurs et de vos servantes, la rémission de tous
leurs péchés, et faites qu'elles obtiennent par les humbles prières de votre Eglise, l'indulgence qu'elles ont
toujours et si ardemment souhaitée. Vous qui vivez,
etc. Ainsi soit—il.

Le jour de la mort ou de l'obit de quelqu'un.

PRIONS.

Nous vous prions , Seigneur, de délivrer l'âme de
votre serviteur (ou de votre servante) N..., afin qu'é-
tant mort (ou morte) en ce monde, il (ou elle) ne vive

plus que pour vous , et qu'il (ou elle) obtienne de votre très grande miséricorde le pardon des offenses que
l'infirmité de la chair lui a pu faire commettre pendant qu'elle était sur la terre. Par Notre-Seigneur,
etc., etc.

Pour un père et une mère.

PRIONS.

O Dieu, qui nous avez commandé d'honorer notre
père et notre mère, ayez, s'il vous plaît, compassion
des âmes de mon père et de ma mère, pardonnez leurs
fautes, et faites-moi la grâce de les voir un jour dans
la joie de la gloire éternelle. Par Jésus-Christ, etc.

Pour un homme.

PRIONS.

ECOUTEZ favorablement, Seigneur, les prières que vous adressons, pour vous conjurer, par votre miséricorde, d'établir l'âme de votre serviteur, que vous avez fait sortir de ce monde, dans la région de la paix et de la lumière, et de la faire entrer dans la communion et la société de vos saints. Par J.-C.

Pour une femme.

PRIONS.

NOUS vous supplions, Seigneur, d'avoir pitié de l'âme de votre servante, et de lui donner part au bonheur du salut éternel, après l'avoir délivrée des misères de la corruption de cette vie mortelle. Par Jésus-Christ Notre-Seigneur, etc.

8.

℣. Seigneur, donnez-leur le repos éternel.

℟. Et faites que votre lumière luise éternellement sur eux.

℣. Seigneur, faites-les reposer en paix.

℟. Ainsi soit-il.

A MATINES.

Venez adorer Dieu en qui toutes choses sont vivantes.

PSAUME 94.

Venite, exultamus Domino.

Venez célébrer le Seigneur,
Vous réjouir dans le Sauveur,
Et dans l'excès de notre joie,
Ne dévions pas de sa voie.

En nous prosternant devant lui,
Prions-le d'être notre appui ;
Emules des saintes phalanges,
Faisons retentir ses louanges.

Maître de la terre et des cieux,
Il est lui seul le Dieu des Dieux ;
Son empire que rien n'embrasse
S'étend au-delà de l'espace.

Il pèse lui seul en ses mains,
La terre avec tous ses confins,
Et les montagnes élevées,
Par son bras seul sont soulevées.

C'est sa main qui creuse la mer,
Qui s'emplit d'un liquide amer,
Et déroulant autour la terre,
La lui donna pour sa barrière.

Venez, venez, accourons tous,
Adorons-le, prosternons-nous;
Et devant lui, dans la tristesse,
Versons des larmes de tendresse.

Il est lui seul notre Seigneur,
Lui seul est notre Rédempteur,
Nous sommes ses brebis chéries.
Qu'il nourrit dans ses bergeries.

Nous tous, les brebis de son choix;
Soyons attentifs à sa voix;
Prenons garde qu'en sa malice,
Pour lui notre cœur s'endurcisse.

Ainsi jadis dans le désert,
Nos pères d'un commun concert,
Ayant provoqué sa vengeance,
En ressentirent la puissance.

Par eux trop longtemps offensé,
Je restai longtemps courroucé.
Et je disais, dans ma colère,
De ce peuple je désespère.

De mes lois s'étant détachés,
Pour les punir de leurs péchés,
Je les livrai, dans ma colère,
Au ver rongeur qui désespère.

Seigneur favorable, etc.

PREMIER NOCTURNE.

Antienne · Seigneur, mon Dieu.

PSAUME 5.

Verba mea auribus percipe

Seigneur, seigneur, entends ma voix,
Mon cœur, hélas! est aux abois,
Prête l'oreille à ma parole ;
Sois—moi propice et bénévole.

Mon Dieu, mon Roi, mon Protecteur,
De notre sort dispensateur,
Par une faveur singulière,
Écoute, écoute ma prière.

Dès le matin je prierai,
En tout temps je t'invoquerai,
Et toi me prêtant assistance,
Je bénirai ta bienveillance.

Le cœur ému d'un saint émoi,
Chaque matin j'irai à toi,
Et prouverai par ma supplique,
Que tu détestes l'homme inique.

Auprès de toi, dans aucun temps,
Tu ne supportes les méchants ;
Ton seul aspect loin de toi chasse
Celui qui veut y prendre place.

Tu hais, Seigneur, l'iniquité,
Protecteur de la vérité,
Tu ne laisses aucune trace
Et du menteur et de sa race.

Tu détestes l'homme trompeur,
L'homme de sang et l'imposteur,
En ta pitié, ta bienveillance,
J'ai mis toute ma confiance.

Seigneur, pour adorer ton nom,
J'irai, j'irai dans ta maison,
Là, prosterné dans son enceinte.
J'invoquerai ta pitié sainte.

Seigneur, seigneur, dirige-moi
Dans la pratique de ta loi ;
Que l'ennemi de ta justice
A mon aspect tremble et pâlisse,

Partisan de l'iniquité,
Il déteste la vérité,
Son cœur, artisan du mensonge,
Est plein d'un souci qui le ronge.

Tel qu'un sépulcre à découvert,
Son gosier se montre entr'ouvert,
Que Dieu juge l'homme perfide,
Réprime sa langue homicide.

De ses pensers fais-le déchoir.
Annulle à jamais son pouvoir,
Rejette ces esprits rebelles,
Punis leurs trames criminelles.

Mais qu'en toi l'homme vertueux
A l'espoir se livre joyeux,
Heureux de voir dans l'allégresse,
Qu'à le nourrir son Dieu s'abaisse.

Que de ton nom l'adorateur
Se glorifie en toi, Seigneur,
Et que ta main toujours propice,
Sur lui s'abaisse et le bénisse.

Déployant pour nous ton pouvoir,
Par l'effet de ton bon vouloir,
Tu mets à couvert ma faiblesse ,
Sous l'égide de ta sagesse.

Seigneur favorable, etc.

ANTIENNE : Seigneur, mon Dieu, rendez ma voie droite,
en me faisant marcher en votre présence.

ANTIENNE : Ne vous détournez plus.

PSAUME 6.

Domine, ne in furore tuo.

Au jour, hélas ! de ta fureur,
Ne me corriges pas, Seigneur,
Ne punis pas , dans ta colère,
Un pécheur rempli de misère.

De mes maux je suis accablé,
En moi je sens mon cœur troublé,
Prends pitié de ma petitesse,
Et reconforte ma faiblesse.

Mon âme est dans l'abattement,
Je suis rempli d'affaissement
Jusques à quand dans ta sagesse,
Prolongeras-tu ma détresse?

Use envers moi de quelque égard,
Vers moi dirige ton regard;
Que de pitié ton cœur se meuve,
Que mon salut en soit la preuve.

Qui se souvient de toi, Seigneur.
Dans le royaume de l'horreur,
Dans le séjour des mauvais anges,
Quel mort peut chanter tes louanges.

De travail je suis épuisé ;
Et sens mon cœur presque brisé,
De mes pleurs j'ai mouillé ma couche,
Mes dents ont frémi dans ma bouche.

Mes yeux, hélas ! sont obscurcis,
Je suis rongé par les soucis :
Mon ennemi dans l'allégresse,
Hâte à chaque instant ma vieillesse.

Transgresseurs de la loi de Dieu,
Eloignez-vous tous de ce lieu,
Exauçant la voix de mes larmes,
Le Seigneur calme mes alarmes.

Le Seigneur exauce mes cris,
Incline son œil attentif ;
Prête l'oreille à ma prière,
Par une faveur singulière.

Qu'ils rougissent, mes ennemis,
Que de trouble à l'instant saisis,
Ils s'éloignent de ma présence
Et décident ma délivrance.

Seigneur favorable, etc.

ANTIENNE : Ne vous détournez plus de moi, Seigneur,
et délivrez mon âme, parce que dans la mort on ne se
souvient plus de vous.

ANTIENNE : Délivrez-moi.

PSAUME 7.

Domine, Deus meus in te speravi.

EN toi j'ai toujours espéré,
Vers toi j'ai toujours soupiré,
Seigneur, mon Dieu, sois-moi propice,
Préserves-moi de l'injustice.

Mon ennemi comme un lion ,
Avide de destruction ,
Vient m'attaquer à l'improviste .
A l'instant que nul ne m'assiste.

Seigneur, mon Dieu, si j'ai commis
Ce que disent mes ennemis ,
Si je me suis rendu coupable ,
De quelque crime irréparable.

Si , mu par l'esprit infernal ,
J'ai rendu le mal pour le mal ,
Que ta colère sur moi tombe ,
Me précipite dans la tombe.

Que mon cruel persécuteur,
De mon âme le destructeur,
Me précipitant sur la terre ,
Me foule aux pieds dans sa colère.

Ecoute , écoute, exauce-moi ,
Lève-toi, Seigneur, lève-toi ,
Et fais éclater ta colère
A l'aspect de mon adversaire.

Lève-toi, Seigneur, lève-toi ,
Ainsi que le prescrit ta loi ,
Et le peuple de la contrée
Respectera ta loi sacrée.

A son aspect, Seigneur, mon Dieu ,
Place-toi sur le plus haut lieu ,
Pare le front du diadême
Et sois notre Juge suprême.

Juges-moi selon l'équité ,
Je ne veux pas d'impunité,
Je mets en toi ma confiance ;
Prends pitié de mon innocence.

Toi qui sondes les cœurs, les reins,
Conduis le juste en ses desseins,
Et fais prévaloir ta justice
Sur les méchants et leur malice.

Seigneur à toi quand j'ai recours,
Tu viens toujours à mon secours;
Car ta bonté se manifeste
Envers l'homme simple et modeste.

En lui-même se confiant,
Dieu juste, fort et patient,
A-t-il besoin qu'à sa colère
Il s'empresse de satisfaire.

Différant de vous convertir,
Voilà ses traits prêts à partir,
Voilà son glaive qui scintille :
Va-t-il frapper votre famille ?

Tremblez, tremblez sur votre sort,
Voilà ses instruments de mort,
Vers vous il tend sa flèche ardente,
Soyez, soyez dans l'épouvante.

L'homme pécheur incessamment
Travaille à son enfantement ;
Qu'enfante-t-il ? quelque injustice,
La douleur, la fraude et le vice.

Il creusait un fossé profond,
Lorsque, par un châtiment prompt,
Il est tombé dans cet abîme,
Œuvre d'un artisan du crime.

Le mal qu'il voulait me causer
Finit enfin par l'écraser,
Il est descendu sur sa tête
Comme l'éclair dans la tempête.

Je veux rendre gloire au Seigneur,
Le remercier de tout mon cœur,
Chanter son nom et sa puissance,
Sa grandeur, sa magnificence.

Seigneur favorable, etc.

———

Antienne : Délivrez-moi de mon ennemi, de peur qu'il ne m'arrache la vie comme un lion, et que, me déchirant, il n'y ait personne qui me tire de ses mains.

———

ẏ. Seigneur, préservez-nous de la porte de l'enfer.
℞. Seigneur, garantissez-en leurs âmes.

———

Notre Père, etc. *(Tout bas.)*

———

PREMIÈRE LEÇON.

Chapitre 7.

Dieu de bonté sois propice à mes vœux,
Je t'en supplie, épargne un malheureux.
Qu'est-ce ma vie ? un torrent qui s'écoule,
Un vieux rempart qui de toute part croule.
Qu'est-ce à tes yeux qu'un homme et son destin?
Pour que sur lui fixant ton œil divin,
Contre les coups du méchant qui l'assiége,
Ton bras puissant le couvre et le protége.
Mais envers toi, favorable un matin,
Par le malheur si tu l'atteins soudain,
Il connaîtra que c'est dans ta pensée
De l'éprouver durant sa traversée,
Jusques à quand me visiterez-vous?
Quand finira contre moi ce courroux,
Pour que je puisse, en ma douleur passive,
Reprendre haleine, avaler ma salive ?
Hélas ! mon Dieu, j'ai péché contre vous;
Que faire, hélas ! pour que je sois absous,
Pour qu'apaisant votre juste colère,
Vous deveniez mon Sauveur et mon père ?

Pourquoi faut-il que vous me poursuiviez,
Que de malheurs toujours vous m'accabliez,
Que, devenu l'ennemi de moi-même,
J'aie encouru, Seigneur, votre anathème ?
Pourquoi faut-il que dans ce long combat,
Tu ne sois pas touché de mon état ?
Pourquoi faut-il que jamais tu ne penses
A pardonner contre toi mes offenses.
Encore un jour et ce serait en vain
Que tu voudrais me chercher le matin :
Dans le tombeau redevenant poussière,
J'aurais enfin terminé ma carrière.

℣. Je crois que mon Rédempteur est vivant, et qu'au dernier jour je ressusciterai, en sortant de la terre * et qu'étant revêtu de ma chair, je verrai Dieu mon Sauveur.

℟. Je le verrai moi-même, dans mon propre corps, et non dans celui d'un autre, et mes yeux le regarderont.

Et qu'étant, etc.

DEUXIÈME LEÇON.

J'ai vu crouler tout-à-coup mon appui,
Et pris la vie aussitôt en ennui :
Contre moi-même exhalant ma colère,
En me plaignant dans ma tristesse amère,
J'ai dit à Dieu : ne me condamnes pas.
Et contre moi ne déploies pas ton bras;
Ou bien dis-nous pourquoi ta main puissante,
Pesant sur nous, me trouble et me tourmente?
Souffrirais-tu qu'exhalant son venin,
La calomnie accomplit son dessein.
Et m'opprimât par sa perfide trame,
Moi qui de toi reçus la vie et l'âme,
Tes yeux sont-ils enchâssés dans la chair,
Qu'un œil mortel puisse n'y voir pas clair;
Mais toi, Seigneur, le Créateur sublime,
Ton œil perçant plonge au fond de l'abîme,
Le temps lui-même existe-t-il pour toi?
Toi le seul Etre existant seul par soi!
Tes jours sont-ils pareils à ceux de l'homme,
Etre impuissant, près de toi faible atôme.
De mes péchés terrible scrutateur,
Pourquoi fouiller jusqu'au fond de mon cœur?

Tu me connais, en moi rien ne t'échappe ;
Mais si ta main incessamment me frappe,
Toujours est-il que je n'ai pas commis
Aucun péché digne de tes soucis.

℟. O vous, Seigneur, qui avez ressuscité Lazare du tombeau, lorsque sa pourriture répandait déjà une mauvaise senteur,

* Donnez-leur le repos que nous demandons pour eux, et mettez-les dans le lieu de consolation et de paix.

℟. Vous qui devez venir un jour juger les vivants et les morts et le monde par le feu,

Donnez-leur, etc.

TROISIÈME LEÇON.

TES mains, Seigneur, en pétrissant mon corps,
L'ont tout formé dans de parfaits accords,
Et voudrais-tu, détruisant ton ouvrage,
Que le néant redevînt mon partage ?

Rappelle-toi que l'argile en tes mains
Devint le corps du premier des humains,
Et que je dois, redevenant poussière,
Fermer bientôt mes yeux à la lumière.
N'est-ce pas toi qui me vivifiant,
Solidifias mon sang liquefiant,
Comme du lait imbibé de présure,
Devint bientôt solide en sa texture.
N'est-ce pas toi, de ma peau, de mes chairs,
Qui revêtis et mes os et mes nerfs,
Qui m'animas d'un souffle de toi-même,
Et qui depuis, par ta bonté suprême,
En ce corps frêle, maladif et mal sain,
Conserves encor le souffle tout divin.

℞. Seigneur, où me cacherai-je pour me mettre à couvert des regards de votre visage enflammé de colère, lorsque vous viendrez juger la terre?

* Car j'ai commis un très grand nombre de péchés en ma vie.

℣. Je crains mes offenses et je rougis devant vous. Ne me condamnez pas, s'il vous plaît, lorsque vous viendrez juger le monde.

· Car j'ai commis.

℟. Donnez–leur, Seigneur, le repos éternel, et faites luire sur eux votre éternelle lumière.

* Car j'ai commis, etc.

DEUXIÈME NOCTURNE.

———

ANTIENNE : Il m'a placé.

———

PSAUME 22.

Dominus regit me.

ENFIN pour moi le bonheur luit,
C'est le Seigneur qui m'a conduit,
Par une faveur singulière,
Aux lieux où brille la lumière,
Par une faveur de sa grâce,
A son banquet prendre ma place.

A l'eau qui, de son paradis,
Découle dans les saints parvis ;
Eau salutaire, fortifiante,
J'ai satisfait ma soif ardente.

Afin de se manifester,
Et sa gloire nous attester.
Il m'a conduit, toujours propice,
Par les sentiers de sa justice.

Marcherai-je par ce sentier
Qui mène à l'infernal bourbier ;
Suivrai-je le sentier fatal
Qui mène au manoir infernal.
Soutenu par sa main céleste,
Je ne craindrais rien de funeste.

En présence des esprits haineux,
M'asseyant au banquet des cieux,
Offert à toute âme fidèle,
Je vous témoignerai mon zèle

Sur ma tête et sur mes cheveux,
Tu verses un parfum onctueux ;
Et la coupe que tu présentes
De mon cœur comble enfin l'attente.

De ta commisération,
J'espère la protection.
Du bonheur en tout temps le gage ,
Elle sera dans mon partage.

Dans la demeure du Seigneur,
Admis ainsi par sa faveur.
J'établirai mon domicile
Au centre heureux de cet asile.

Seigneur favorable , etc.

———

ANTIENNE : Il m'a placé dans un lieu de pâturage.

ANTIENNE : Ne vous souvenez plus.

———

PSAUME 24.

Ad te, Domine, levavi.

DANS un élan plein de ferveur,
J'élève mon âme au Seigneur,
Je mets en Dieu ma confiance,
Puisse-t-il prendre ma défense !

Puisse-t-il sur mes ennemis
Faire retomber leur mépris,
Et que dans lui quiconque espère
Jouisse enfin d'un sort prospère.

Puisse-t-il punir à jamais
Ceux qui commettent des forfaits,
Et par une vengeance prompte
Le faire rougir de honte.

Seigneur, mon Dieu, dirige-moi,
Vers le but que prescrit ta loi,
Pour que j'y marche d'un pas ferme
Et n'en dépasse pas le terme.

Conduis-moi dans la vérité,
Ouvre mes yeux à sa clarté
En toi, Seigneur, toujours j'espère,
Soulages-moi dans ma misère.

Tel qu'un père pour ses enfants,
Souviens-toi que de tous les temps,
Tu fus un Maître débonnaire
Et notre asile tutélaire.

Laisse dans la nuit de l'oubli,
Et pour toujours enseveli,
Chaque méfait de ma jeunesse
Et la preuve de ma faiblesse.

Souviens-toi de ton serviteur,
Sois mon refuge et mon tuteur,
Et que ta bonté spéciale
Sur ta rigueur toujours prévale.

Le Seigneur est un Maître doux,
En tous les temps juste envers tous,
Il donnera dans sa sagesse
Des lois à l'âme pécheresse.

Il conduira dans l'équité,
Instruira dans la vérité,
L'homme au cœur doux, bon et docile
L'affermira dans son asile.

L'homme qui, des lois du Seigneur,
Ne saurait être l'infracteur,
Le trouvera toujours propice
Contre les coups de l'injustice.

C'est pour la gloire de ton nom
Qu'à mes péchés tu fais pardon ,
Quelque puisse être ma licence ,
Je compte sur ton indulgence.

Qui respectera le Seigneur,
Hors son fervent adorateur,
Pour prix de son obéissance ,
Sa loi sera sa récompense.

Sur tous ses biens il règnera ,
En eux il se reposera ,
Et sa race toujours prospère
Jouira des biens de la terre.

Le Seigneur tiendra son serment ,
Il maintiendra son testament ,
Et rassemblera sous son aile
Toute âme à ses devoirs fidèle.

J'ai constamment tourné mes yeux
Vers le Seigneur, Maître des cieux ;
Afin que son bras me protège
Et délivre mes pieds du piége.

Seigneur, mon Dieu , regarde–moi,
Je n'espère, Seigneur, qu'en toi ;
Seul isolé dans la détresse,
Le malheur m'afflige sans cesse.

Sur moi pèse l'affliction,
Je suis en tribulation ,
Arrache-moi de cet abîme
Où l'infortune me comprime.

Vois comme je suis abaissé ,
Comme mon cœur est affaissé ;
Pardonne-moi , sauve mon âme ,
A toi , Seigneur, je me réclame.

Vois comment tous mes mes ennemis
Contre moi se sont réunis ;
Est—il de haine plus gratuite :
Qu'on dise en quoi je la mérite ?

Garde mon âme, sauve—moi,
Réponds, je t'en prie, à ma foi,
Pour que jamais je ne rougisse
D'avoir réclamé ta justice.

Ils ont partagé mon espoir
Que tu me ferais prévaloir.
Ceux qui vivent dans l'innocence,
Dans la paix de leur conscience.

Mon Dieu, veuille bien protéger
Israël contre le danger,
Contre toute embûche secrète
Qui devra menacer sa tête.

Seigneur favorable , etc.

ANTIENNE : Ne vous souvenez point, Seigneur, des péchés de ma jeunesse, ni de mes ignorances passées

ANTIENNE : Je crois.

___

PSAUME 26.

Dominus illuminatio mea.

QUELLE peur pourrait m'émouvoir ?
Sur Dieu qui pourrait prévaloir ?
Dans son éclatant sanctuaire,
Il est le soleil qui m'éclaire.

Le Seigneur est mon protecteur,
De ma vie il est le Sauveur ;
Qui pourrait m'agiter de crainte,
A mon bonheur porter atteinte ?

Que m'importe que les méchants,
Poussés par leurs cruels penchants,
Soient prêts, dans leur fureur ardente,
A dévorer ma chair vivante.

Mes plus violents ennemis
D'eux-mêmes se sont affaiblis,
Ils sont tombés, et dans leur chute,
A tous les maux ils sont en butte.

Tout leur camp m'attaquerait-il,
Je ne craindrais aucun péril ;
Mon cœur ferme dans son asile,
A leur aspect serait tranquille.

Pour me combattre sont-ils prêts?
C'est le plus vif de mes souhaits ;
Je les attends tous de pied ferme
A leur espoir pour mettre un terme.

C'est l'espérance de mon cœur,
Que dans la maison du Seigneur,
Admis au gré de mon envie,
J'y vois couler toute ma vie.

Dans sa maison, à mon loisir,
Je savourerai son plaisir,
Plaisir, pour moi, tout ineffable
Et tout-à-fait incomparable.

Dans le jour de l'affliction,
Sauvé par sa protection,
Je fus reçu même à cette heure
Dans le secret de sa demeure.

Au-dessus de mes ennemis,
Il me tient les pieds affermis.
Élevé par lui sur la pierre,
Je les foulais dans la poussière.

J'avais erré dans le désert,
Je revins et dans un concert,
Dans l'élan de ma joie unique,
J'exaltais Dieu dans un cantique.

Seigneur, Seigneur, entends ma voix !
J'ai crié ; j'en suis aux abois.
Oh ! prends pitié de ma personne,
Et sincèrement me pardonne.

Mon cœur, Seigneur, vous a parlé,
A vos yeux il s'est révélé :
J'ai voulu voir votre visage ;
Je le chercherais d'âge en âge.

Par grâce, ne le cachez pas ;
Seigneur, où portez-vous vos pas ?
Calmez, calmez votre colère,
N'ajoutez pas à ma misère.

Ah ! je t'en prie , épargne-moi,
De me voir méprisé par toi ,
Et dans le malheur qui m'obsède,
Sois mon soutien , viens à mon aide.

Tous mes parents m'ont délaissé ;
Ils m'ont, hélas ! tous renoncé ,
Mais vînt-il un autre déluge ,
Le Seigneur serait mon refuge.

Seigneur, mon Dieu , conduisez-moi ,
Dans les sentiers de votre loi ,
Qu'elle soit à jamais mon guide
Devant mon ennemi perfide.

Ne m'abandonnez pas, Seigneur,
A mon cruel persécuteur,
Sur moi sa rage étant extrême ,
Elle a menti contre elle-même.

J'entrevois les biens du Seigneur,
Est-il de plus parfait bonheur ;
De ses saints je vois la demeure.
En peut-il être de meilleure?

Arme-toi d'une sainte ardeur,
Dans l'espoir de voir le Seigneur,
Dispose ton âme fervente,
Et sois ferme dans ton attente.

Seigneur favorable, etc.

———

ANTIENNE : Je crois et j'espère que je jouirai des biens du Seigneur dans la terre des vivants.

℣. Que le Seigneur les place avec les princes.
℟. Avec les princes de son peuple.

Notre Père.

QUATRIÈME LEÇON,

Job , chap. 13.

SOUFFREZ , Seigneur, que je m'adresse à vous,
Répondez-moi d'où provient ce courroux,
Qui me harcèle et jamais ne me laisse ;
Tel qu'un poids lourd qui sur mon cœur s'affaisse ,
Est-ce mon crime ou mon déportement
Que vous pensez punir incessamment ?
Et quels péchés ai-je donc pu commettre ?
Suis-je à vos yeux un scélérat , un traître ?
Je vous en prie , expliquez moi pourquoi
Vous me plongez dans ce cruel émoi ?
Par quel motif , détournant votre face ,
Vous me traitez comme un homme en disgrâce ?
Est-il pour vous, Seigneur, bien glorieux ,
Vous le grand Dieu , le Souverain des cieux ,
De m'emporter comme le vent emporte
La feuille sèche ou quelque paille morte ?
Vous écrivez des arrêts contre moi ,
Qui tout-à-coup vont me glacer d'effroi ;
Vous appuyez votre main vengeresse
Sur mes péchés commis dans ma jeunesse :

Vous me tenez enchaîné dans ces fers,
Comme l'on garde un parjure, un pervers,
Ou de mes pieds reconnaissant la place
Vous persistez à suivre au loin leur trace.
Pourquoi, Seigneur, me traitez-vous ainsi ?
Oyez ma voix qui va criant merci,
Moi qui bientôt, faute de nourriture,
Me sentirai tomber en pourriture,
Comme à nos yeux pourrit un vêtement
Qu'un ver caché dévore incessamment.

———

℣. Souvenez-vous de moi, mon Dieu, puisque ma vie n'est qu'un vent qui passe et qui ne retourne plus.

* Et que ceux qui me voient aujourd'hui ne me verront plus.

℣. Seigneur, je crie vers vous du fond de l'abîme où je suis ; Seigneur, écoutez ma voix.

* Ceux qui me voient aujourd'hui ne me verront plus.

CINQUIÈME LEÇON.

Job, chap. 14.

TEL est le sort de l'homme sur la terre,
Né de la femme, il est plein de misère
Et voit la vie et ses malheureux jours
Rapidement précipiter leur cours :
Tel qu'une fleur à peine épanouie
Qui sous les pieds est aussitôt flétrie ;
Ou tel que l'ombre au cours silencieux,
Il passe, fuit et disparaît aux yeux.
Et cependant, par une grâce insigne,
De vos regards vous pensez qu'il est digne
Qu'avec lui-même en son abaissement,
Vous entrerez, Seigneur, en jugement.
Qui peut d'un germe impur dans sa texture
Faire germer un cœur plein de droiture?
Vous seul, Seigneur, qui créâtes de rien
Cet univers et tout ce qu'il contient.
Combien sont courtes, hélas! ses destinées!
C'est vous, Seigneur, qui fixez ses années,
Qui prescrivez invariablement
La borne enfin de leur prolongement.

Dans le malheur s'il a rempli sa tâche,
Pourquoi ne pas lui donner de relâche ;
Pourquoi ne pas compâtir à son sort,
Jusqu'au moment qu'il entre dans ce port ;
Jusqu'au moment où tel qu'un mercenaire
Il recevra le prix de son salaire ?

℟. Hélas ! Seigneur, que je suis malheureux de vous avoir tant offensé durant ma vie ? Que ferai-je, misérable que je suis ? Où m'enfuirai-je, sinon vers vous, mon Dieu,

* Ayez pitié de moi, lorsque vous viendrez au dernier jour.

℣. Mon âme est fort troublée ; mais, Seigneur, secourez-la.

* Ayez pitié de moi, etc.

SIXIÈME LEÇON.

Job, chap. 14.

Ecoute-moi, mon Maître et mon Sauveur,
Qui m'obtiendra de toi cette faveur,

De me cacher dans le fond de la terre
Jusqu'au grand jour, terme de ta colère,
En décidant un nouvel avenir,
Tu voudras bien de moi te souvenir.
Mais penses-tu, du tombeau, sa retraite,
Que l'homme un jour doit relever sa tête ?
Durant ce temps où dure mon combat,
J'espèrerai un changement d'état.
Enfin viendra cette redoutable heure,
Où m'appelant du fond de ma demeure,
Je répondrai aussitôt à ta voix ;
De mon cercueil en soulevant le poids,
Juge loyal et toujours équitable,
Tu me tendras une main secourable ;
Si de mes pas, terrible observateur,
En les comptant tu pèses leur valeur,
Pourrais-tu bien tromper mon espérance,
Et contre moi déclarer ta vengeance ?
Plutôt, Seigneur, toujours propice et bon,
De mes péchés accorde le pardon.
Et dans l'oubli de la nuit la plus noire,
Laisse à jamais se perdre leur mémoire.

———

℞. Seigneur, ne vous souvenez point de mes péchés.

℣ Lorsque vous viendrez juger le monde par le feu.

℣. Seigneur, mon Dieu, rendez ma voie droite en votre présence.

* Lorsque, etc.

Seigneur, donnez–leur, etc.

* Lorsque, etc.

TROISIÈME NOCTURNE.

ANTIENNE : Seigneur.

PSAUME 39.

Expectans, expectavi Dominum.

J'AI mis en Dieu ma confiance,
Persisté dans cette espérance,
Et Dieu vers moi du haut des cieux
Enfin daigne abaisser ses yeux.

J'étais plongé dans un abîme
Dans la corruption du crime,
A Dieu je me suis adressé ;
Et soudain je fus exaucé.

Prêtant l'oreille à ma prière,
Il place mes pieds sur la pierre
Et par des soins particuliers
Me dirige dans ses sentiers.

Par une grâce inspiratrice,
Ma voix, sans que je le prévisse,
Célèbre, dans un chant nouveau ;
L'omnipotence du Très−Haut.

Témoins de cette grâce sainte,
Plusieurs en ont tremblé de crainte ;
Ils invoqueront du Seigneur
Le nom, le pouvoir protecteur.

Heureux celui qui, sur la terre,
En ce saint nom toujours espère,
Et qui ne fixe point ses yeux
Sur le vice contagieux.

Seigneur, tes œuvres admirables
A tous les yeux sont innombrables.
Qui peut aspirer au bonheur
De penser comme toi, Seigneur?

Je pensais avec certitude
Reconnaître leur multitude,
Ce fut en vain, à chaque instant,
Leur nombre devenait plus grand.

Tu ne veux pas de la victime
Que nous t'offrons par notre crime;
Vers toi de suite, en m'écriant,
J'ai dit : écoute un suppliant!

Il est dit qu'à ta loi suprême,
Je dois rester soumis moi-même ;
Je t'ai toujours voulu, Seigneur,
Et désiré du fond du cœur.

En présence de l'assemblée,
Ma voix n'a pas été troublée ;
J'ai publié, tu le connais,
Et ta justice et tes bienfaits.

Je n'ai point caché ta justice
Au fond d'un cœur plein de malice,
J'ai publié la vérité,
La science et la charité.

Je n'ai point caché ta clémence,
Ta vérité, ta bienveillance,
Sous les yeux d'un peuple nombreux,
J'ai dit ton pouvoir généreux.

Ne te montres pas insensible ,
A la pitié sois accessible ,
Appuyé sur ce seul soutien ,
Je ne puis craindre jamais rien.

Des maux nombreux la violence
M'a presque mis en défaillance ,
Et telle est mon iniquité ,
Qu'elle obscurcit la vérité.

Dans mon accablement extrême ,
Mon cœur s'affaisse sur lui-même ;
Je vois mes péchés plus nombreux
Que sur ma tête mes cheveux.

Qu'il plaise au Seigneur sublime
De me délivrer de l'abîme ,
Hâte—toi de me secourir
Et de ta main me soutenir.

Que ceux qui menacent ma vie,
Poussés par leur jalouse envie,
Soient couverts de confusion
Et vivent dans l'abjection.

Que ceux qui m'ont voué leur haine
De leurs malheurs traînent la chaîne,
En avant veulent-ils passer,
Qu'ils reculent au lieu d'avancer.

Que ceux qui me raillent et me jouent
Tombent aussitôt dans la boue,
Qu'ils vivent couverts de mépris,
En butte à tous leurs ennemis.

Que celui qui te cherche sans cesse,
T'exalte en ses chants d'allégresse,
Que dans l'amour de ton salut
De ses chants te paie un tribut.

Je suis pauvre et dans l'indigence ,
A peine ai-je ma subsistance ;
Mais le Seigneur prend soin de moi ,
Je mets en lui toute ma foi.

Vous êtes un aide charitable ,
Un Protecteur insurmontable ;
A vous seul , Seigneur, j'ai recours ,
Venez, venez à mon secours.

Au Père , au Fils , gloire éternelle ,
Au Saint-Esprit gloire immortelle :
Ce fut dans le commencement ,
Cela sera dans tous les temps.

Seigneur favorable , etc.

———

ANTIENNE : Daignez, Seigneur, me délivrer : regardez-
moi, Seigneur, pour me secourir.

ANTIENNE : Seigneur, guérissez.

PSAUME 40.

Beatus qui intelligit super.

Heureux qui secourt l'indigence
Et qui comprend l'homme en souffrance,
Du mal qui le menacera
Le Seigneur le délivrera.

Que Dieu lui donne longue vie,
Qu'il le préserve de l'envie,
Qu'ici–bas il le rende heureux
Et le garde de l'homme haineux.

Est-il sur son lit de souffrance?
Que ton bras lui prête assistance,
La main, en disposant son lit,
Le soulève et le ramollit.

Pour moi , j'ai dit : guéris mon âme ;
A toi , Seigneur, je me réclame ,
Si contre toi j'ai pu pécher,
De pitié laisse-toi toucher.

L'ennemi m'accable d'injures ,
Me lance des paroles dures,
Et dit : quand devra-t-il mourir ?
Son nom même s'évanouir.

En ma présence s'il arrive ,
Il se répand en invectives ;
Son cœur, dans sa duplicité ,
Est une source d'iniquité.

Il est sorti de sa retraite ,
De vains pensers s'est mis en quête ;
Mais ces pensers qui l'ont troublé
De tout leur poids l'ont accablé.

Sur moi distillant en silence
Le venin de sa médisance ;
Il trame en secret ses complots,
Il ne me laisse aucun repos.

Il médite, dans sa malice,
Des projets remplis d'injustice :
Mais celui qui peut sommeiller
Peut-il tarder de s'éveiller ?

Cet homme, à mes yeux estimable,
Qui venait s'asseoir à ma table,
Il ne cesse de me frapper
Et met sa gloire à me tromper.

Que ton vouloir, Seigneur, m'assiste ;
Prends pitié de mon sort triste,
Et sur lui prévalant alors,
Il pourra comprendre ses torts.

11.

Je connaîtrais par cela même
Que ton bras m'aide et que tu m'aimes.
L'ennemi verra mon bonheur;
Il sera confus de stupeur.

Protecteur de mon innocence,
Seigneur, tu prendras ma défense,
Et devant tes yeux, affermi,
Je ne craindrai plus l'ennemi.

Que le Seigneur et sa sagesse
Soient bénis, à jamais sans cesse;
Que le Seigneur, Dieu d'Israël,
Soit béni par chaque mortel.

Seigneur favorable, etc.

———

Antienne : Seigneur, guérissez mon âme, car j'ai péché contre vous.

ANTIENNE : Mon âme.

———

PSAUME 41.

Quemadmodum desirat cervus.

COMME un cerf que la soif altère,
Recherche une eau limpide et claire :
Ainsi mon âme en sa ferveur
Soupire après vous, ô Seigneur.

Mon âme de soif est brûlante
Pour Dieu, source vivifiante ;
Quand quitterai-je ce bas lieu
Pour comparaître aux yeux de Dieu ?

La nuit, le jour, dans les alarmes,
Ma nourriture c'est mes larmes,
Lorsqu'on me dit à chaque instant :
Quel est le Dieu qui le défend ?

A ce souvenir qui m'enflamme
En moi j'ai répandu mon âme,
Et j'ai dit : J'entrerai, Seigneur,
Dans le lieu du parfait bonheur.

Alors, dans une douce ivresse,
Je chanterai plein d'allégresse,
Ainsi que chante en un festin
Celui qui satisfait sa faim.

D'où vient que mon âme s'attriste ?
Dans son chagrin qu'elle persiste ?
Pourquoi se trouble-t-elle ainsi ?
Quel sujet lui donne souci ?

Que Dieu seul soit ton espérance :
Tu célèbreras sa puissance,
C'est lui qui sera ton Sauveur,
Ton asile et ton protecteur.

Mon âme troublée elle-même
Espère en toi, Seigneur suprêm
Et se rappelle du Jourdain,
D'Hermon et du pays voisin.

Mon malheur, hélas ! s'envenime ;
L'abîme attire un autre abîme ;
C'est comme un bruit tempétueux,
Que fait un fleuve impétueux.

Sur moi vos eaux impétueuses,
Comme des vagues montueuses,
Se ruant avec grand fracas,
Me mettront tout-à-fait à bas.

Sensible au pécheur qui t'aborde,
Le jour tu fais miséricorde ;
La nuit, je chante tes bienfaits
Et t'en remercie à jamais.

Je prie au gré de mon envie,
Mon Dieu, seul auteur de ma vie,
Contre les coups de l'agresseur,
Lui seul sera mon défenseur.

Pourquoi, Seigneur, tu me délaisses :
Pourquoi je vis dans la détresse ;
Dès le moment que l'ennemi,
En m'accablant s'est affermi.

Mon ennemi me persécute ;
A ses mépris je suis en butte ;
Tandis que l'on brise mes os,
Il me raille dans ses propos.

Il marche, répétant sans cesse :
Où donc est ce Dieu qu'il confesse ?
Pourquoi je me trouve abattu ;
Esprit, pourquoi me troubles-tu ?

Dans l'attente de ces menaces,
En Dieu j'espère et lui rends gràces,
Il est mon salut à jamais ;
Il est mon Dieu, le Dieu de paix.

Seigneur favorable, etc.

———

ANTIENNE : Mon âme est altérée d'une soif ardente et du désir de jouir du Dieu vivant : quand sera-ce que j'irai paraître devant la face du Seigneur.

℣. N'exposez pas aux bêtes des âmes qui vous bénissent.

℟. N'oubliez pas pour toujours les âmes de vos pauvres.

Notre Père, etc.

SEPTIÈME LEÇON.

Job, chap. 17.

Mon souffle, hélas! s'affaiblit sans retour,
Je puis prévoir bientôt mon dernier jour,
Et qu'un tombeau, demeure enfin tranquille,
Va devenir enfin mon seul asile,
Suis-je en repos en attendant ce temps?
Non, chaque jour des revers affligeants
Ne cessent point d'assaillir ma misère
Et de me faire une cruelle guerre.
Et cependant, qui peut me reprocher
Contre mon Dieu d'avoir voulu pécher?
Hélas! Seigneur, prends pitié de ma peine;
Qu'ai-je donc fait pour encourir ta haine?
Oh! je t'en prie, hélas! délivre-moi,
Et que je puisse habiter près de toi.
Quelle que soit la main qui me poursuive,
Je ne saurais craindre sa tentative.
Mes jours bientôt se seront écoulés
Et mes desseins sur eux-mêmes croûlés,
Sont pour mon cœur un sujet de tristesse
Qui me poursuit et qui s'accroît sans cesse.

Dans ces pensers, trouble de mon séjour,
La nuit par eux est devenue le jour ;
Et cependant en moi-même j'espère
Après la nuit voir encor la lumière.
Jusqu'à la fin garderai-je l'espoir ?
Il me faudrait cependant en décheoir
Et reconnaître à notre dernière heure
Que le tombeau sera notre demeure
Et que le lit de mon repos futur
S'apprête enfin dans un asile obscur.
J'ai dit alors : hideuse pourriture,
De vers nombreux naturelle pâture,
Je vois en toi mon père et mon auteur.
Et dans tes vers et ma mère et ma sœur.
Ne doutant plus de notre fin dernière
Et que je dois redevenir poussière,
J'ai dit : en quoi mettrai-je mon espoir ?
Ma patience en quoi puis-je l'asseoir ?
En vous, Seigneur, seul Auteur de mon être,
En vous, mon Dieu, mon seul souverain Maître.

———

℟. La crainte de la mort me jette dans le trouble,
quand je considère que je pèche tous les jours, et que
je ne fais point pénitence.

* Car lorsqu'on est une fois dans l'enfer, on ne peut en sortir, ni s'en délivrer : ayez pitié de moi, mon Dieu, sauvez mon âme.

℣. O Dieu, sauvez-moi et délivrez mon âme par la vertu toute-puissante de votre nom.

* Car lorsqu'on est une fois dans l'enfer, on ne peut en sortir, ni s'en délivrer : ayez pitié de moi, mon Dieu, sauvez mon âme.

HUITIÈME LEÇON.

Job, chap. 19.

Toujours en butte à des chagrins amers,
J'ai vu sur moi se dessécher mes chairs,
Et sur mes os se coller toute sèche
Ma peau jadis si brillante et si fraîche,
La lèvre seule embrasse encor mes dents
Et les étreint par ses contours ardents ;
Vous, mes amis, qui voyez ma détresse,
Et que de Dieu la main même m'oppresse,

Prenez pitié de mon sort douloureux.

Est-il quelqu'un qui soit plus malheureux ?

Mais c'est en vain qu'à vous je me réclame,

Que du Seigneur j'ai encouru le blâme,

Que de sa main il veuille me punir,

Qu'il ait permis que l'on me fît souffrir,

Je le conçois sans pouvoir me résoudre ;

Par quel motif il frappe au lieu d'absoudre.

Mais vous, pourquoi me persécutez-vous ?

Pourquoi sur moi laisser tomber ses coups ?

Pourquoi vous plaire à redoubler ma peine,

Et par vos coups me mettre hors d'haleine ?

Mais quel penser, par un élan subit,

Sans le prévoir surgit de mon esprit !

Quel est celui qui s'apprête à t'écrire ?

C'est le Seigneur qui m'exauce et m'inspire.

Quel est celui qui, s'armant d'un poinçon,

Le gravera sur la pierre ou le plomb ?

La vérité est enfin découverte,

Et sans nuage à mes yeux s'est offerte.

Il est vivant le Conciliateur ;

Je l'aperçois, il est mon Rédempteur.

Un jour viendra que, surgissant de terre,

Je reverrai encore la lumière,

Où revêtu de ma peau, de ma chair,

Je le verrai dans le jour le plus clair,

Avec des yeux inhérents à ma tête
Et sans avoir besoin d'un interprète.
C'est mon espoir, c'est l'espoir de mon cœur,
Et dans mes maux mon seul consolateur.

℞. Ne me jugez pas, Seigneur, selon mes mérites.
Je n'ai rien fait devant vos yeux qui soit digne de votre approbation.

* C'est pourquoi je supplie Votre Majesté, ô mon
Dieu, d'effacer mes péchés.

℣. Lavez-moi de plus en plus de mes fautes et pu-
rifiez-moi des taches de mon iniquité.

* C'est pourquoi, etc.

NEUVIÈME LEÇON.

Job, chap. 10.

Pourquoi, Seigneur, au néant me soustraire,
Et me tirer du ventre de ma mère?
Et plût à Dieu qu'en lui je fusse mort,
Nul œil mortel n'eût contemplé mon sort;

J'eusse vécu sans pouvoir me connaître
Du sein impur où j'avais reçu l'être,
L'on m'eût porté dans le fond du cercueil,
Prendre ma place au champ commun du deuil ;
Du peu de jours qu'il se peut que je vive,
Ne faut-il pas que le dernier arrive.
Ah ! laissez-moi respirer un moment
Et déplorer ma peine et mon tourment.
A mon désir veuillez bien condescendre,
Vous ne sauriez encor longtemps attendre,
Bientôt viendra l'inévitable jour
Où sans espoir jamais d'aucun retour
Je descendrai dans l'asile funèbre,
Séjour de deuil, de mort et de ténèbre
Séjour de trouble et de destruction,
Où le seul ordre est la confusion.

℞. Seigneur, délivrez-moi des voies qui conduisent dans l'enfer, vous qui avez brisé les portes d'airain, qui êtes descendu dans les limbes pour visiter vos fidèles, pour les éclairer de votre divine lumière et vous faire voir,

* A ceux qui gémissaient dans les peines des ténèbres.

℣. Ils pousseront, en vous voyant, des cris de joie, et diront : vous êtes enfin venu, ô vous qui êtes notre Rédempteur.

* A nous qui gémissons.

℣. Seigneur, donnez-leur le repos éternel.

* A ceux qui gémissent.

℞. Délivrez-moi, Seigneur de la mort éternelle en ce jour redoutable.

* Quand les cieux et la terre seront ébranlés.

† Lorsque vous viendrez juger le monde par le feu.

℣. Je suis saisi de crainte et de tremblement, lorsque je pense à ce compte exact que je dois rendre à mon Juge plein de colère.

* Quand les cieux, etc.

℣. Ce jour-là sera un jour de colère, de calamité et de misère ; un grand jour, mais plein de terreur et d'amertume.

† Lorsque vous viendrez, etc.

℣. Seigneur, donnez-leur votre repos éternel, et faites luire sur eux votre éternelle lumière.

℞. Seigneur, délivrez-moi, etc.

A LAUDES.

ANTIENNE : La joie de mon âme.

PSAUME 50.

Miserere mei, Deus.

Ayez pitié de moi, Seigneur,
Ayez pitié de ma douleur,
Sur le pêcheur qui vous aborde,
Versez votre miséricorde.

Effacez mes iniquités,
Guérissez mes infirmités ;
Soyez-nous pleinement propice,
N'écoutez pas votre justice.

Correspondez à mes souhaits,
Lavez-moi de tous mes forfaits,
Purifiez enfin mon âme,
En l'embrassant de votre flamme.

Je suis l'infracteur de la loi ,
Mon crime est toujours devant moi ,
Le remord me ronge sans cesse
Tant je crains la loi vengeresse.

Contre vous seul si j'ai péché
Si vers le mal j'ai trébuché ,
Au grand jour de notre supplice
Éclatera votre justice.

Seigneur, mon Dieu. vous l'avez su ,
Dans le pêché je suis conçu
En m'enfantant, hélas ! ma mère
Je méritai votre colère.

Vous chérissez la vérité ,
Vous vous plaisez dans l'équité.
Vous me dites avec largesse
Les secrets de votre sagesse.

En vous mon cœur est plein de foi ,
Avec l'hysope aspergez-moi ;
Mon cœur que votre bras protége
Deviendra plus blanc que la neige.

A votre voix l'entendement
Trésaille de contentement ,
Mes os énervés de faiblesse
S'exaltent dans leur allégresse.

Détournez de moi vos regards ,
A ma faiblesse ayez égard ,
Effacez par votre clémence
Jusques aux traces de mon offense.

Mon Dieu, purifiez mon cœur,
Enflammez-le de votre ardeur.
D'un esprit droit douez mon être,
Que dans mon cœur il règne en maître.

Avec bonté regardez-nous ,
Ne m'exilez pas loin de vous;
Qu'en moi votre Esprit Saint descende,
Qu'il s'y repose à ma demande.

Dans un esprit de piété
Affermissez ma volonté,
Du salut ouvrez-moi la voie
Et j'en serai ivre de joie.

Je relèverai dans mes chants
Votre sainte voix aux méchants,
Et de mes pas suivant la trace
Ils viendront tous vous rendre grâce.

Si je crains d'être confondu
Pour le sang que j'ai répandu,
J'invoquerai mon Dieu propice,
Et chanterai votre justice.

Si j'invoque l'Esprit Divin,
Mes lèvres s'ouvrent et soudain
Dans un langage prophétique
Je fais votre panégyrique.

Si vous agréez sur l'autel
L'animal tué d'un coup mortel ;
Pour vous acquitter mon amende,
Je vous en eusse fait offrande.

Mais ce qui vous convient le plus.
Est de ses fautes l'esprit confus ;
Votre main jamais ne repousse,
Le cœur contrit et l'âme douce.

Seigneur considérez Sion
Avec des yeux d'affection,
Et bientôt de la cité sainte
Les murs entoureront l'enceinte.

Un holocauste solennel
Offert alors sur votre autel,
Vous agréerez enfin propice
Le sacrifice de justice.

Seigneur favorable etc.

ANTIENNE : Le Seigneur qui avait humilié mon âme,
fera tressaillir mes os d'une joie consolante.

ANTIENNE : Exaucez , Seigneur

PSEAUME 64.

Te decet hymnus Deus.

C'est dans Sion , dans ce saint lieu
Que nous devons honorer Dieu ;
Que lui présentant notre offrande
Nous lui ferons notre demande.

Seigneur rendez vous à mes vœux
Prenez pitié d'un malheureux,
Et tout habitant de la terre
Viendra vers vous dans sa misère.

Des méchants les mauvais discours,
Contre nous prévalent toujours
Mais si vous pardonnez nos crimes
Nous ne serons plus leurs victimes.

Heureux l'homme de votre choix,
Qui vécut soumis à vos lois,
Dans votre temple son asile
A jamais il vivra tranquille.

Admis, Seigneur, parmi les tiens,
Nous y serons comblés de biens.
Ton temple est saint, incomparable,
Et par ta justice admirable.

12.

Exaucez-nous, mon Dieu Sauveur,
Protégez-nous, Dieu mon Seigneur,
Vous êtes l'espoir de la terre,
Des îles que la mer enserre.

A votre aspect la mer frémit,
La vague au lointain retentit;
Vous affermissez les montagnes
Et consolidez les campagnes.

Les peuples les plus reculés,
En le voyant se sont troublés;
Le bonheur de voir la lumière
A réjoui la terre entière.

Vous l'avez visitée, Seigneur,
Elle est ivre de son bonheur;
Vous l'avez comblée de richesses,
Rassasiée de vos largesses.

Votre fleuve coule à pleins bords ;
Vous nous ouvrez de saints trésors ;
Pour nourrir votre créature,
Vous préparez sa nourriture.

Vous enivrerez le ruisseau ;
La terre que sature l'eau
Voyant votre magnificence,
Se complaît dans son abondance.

D'une couronne de bienfaits
Vous ornez son front à jamais ;
A votre voix enfin docile ;
En fruits nombreux elle est fertile.

L'espace, au loin dans le désert,
De pâturages s'est couvert.
Sur la colline, la verdure
Etale partout sa parure.

Les brebis suivent les béliers,
Le blé surverse des greniers,
L'homme dans sa reconnaissance
Exalte sa réjouissance.

Seigneur favorable à nos vœux, etc.

ANTIENNE : Seigneur exaucez ma prière, toute chair
retournera à vous.

ANTIENNE : C'est votre droite.

PSAUME 62.

Deus, Deus meus.

SEIGNEUR, à toi je me reclame ;
Toi seul est le Dieu de mon âme,
Le point du jour à peine a lui,
Que je reclame ton appui.

Toi seul es le but où j'aspire ;
Après toi mon âme soupire.
Je me dessèche tous les jours,
Tant pour toi je brûle d'amour.

Mettant un terme à mes alarmes,
Tire-moi de ce lieu de larmes ;
Quand de te voir dans ta splendeur
Pourrai-je jouir du bonheur.

Je célébrerai ta puissance,
Et j'exalterai ta clémence ;
Il n'est rien sous la voute des cieux
Rien dont je sois plus désireux.

Tant que le souffle de la vie
Retiendra mon âme asservie,
Vers toi j'élèverai les mains,
Et bénirai tes dons divins,

Alors mon âme satisfaite,
Au comble d'une paix parfaite
Par ma bouche t'exprimera
Tout ce qu'elle ressentira.

La nuit, au milieu de mes veilles,
Je médite sur tes merveilles;
Comme envers moi de tes bienfaits
A me souvenir je me plais.

Tu m'as pris sous ta sauvegarde;
Comme ton fils je me regarde;
Sous tes aîles, loin des revers,
Ma joie éclate en mes concerts.

En vain on en veut à ma vie;
Tous ceux qui l'auront poursuivie
Périront par le fer ou l'eau;
Un monstre sera leur tombeau

Alors, témoin de ta vengeance
Dont tu punis la malveillance,
Tes servituers avec tes rois
Éclateront de joie en toi.

PSAUME 66.

Deus misereatur nostrî.

Mon Dieu, dans ta miséricorde
Permets que le pécheur t'aborde;
Manifeste-lui ta bonté,
De ta face la majesté.

De tes lois à la terre entière
Viens manifester la lumière,
Et du salut au genre humain
Montrer quel est le vrai chemin.

Alors, bénissant ta mémoire,
Les hommes exalteront ta gloire,
Et jusqu'au bout de l'univers
Te chanteront dans leurs concerts.

Alors, pleins de reconnaissance
De ce que tu prends leur défense,
Ils viendront t'exprimer, Seigneur,
Leur transport et leur sainte ardeur.

Ils exalteront ta puissance,
Chanteront ta magnificence;
Et la terre offrira les fruits
Qu'en son sein elle aura produit.

Inspire aux peuples de la terre
De ton nom l'effroi salutaire,
Et bénis, de ta propre main,
Toute la race des humains,

Seigneur favorable, etc.

ANTIENNE : Seigneur, votre droite m'a soutenu et m'a fortifié.

ANTIENNE : Seigneur, délivrez, etc.

CANTIQUE D'ÉZÉCHIAS
relevé de maladie.

Ego dixi in dimidio dierum.

J'ÉTAIS malade et de mes jours
Voyant précipiter le cours,
J'ai dit : bientôt va venir l'heure
Où l'enfer sera ma demeure.

Je les ai vu tendre à leur fin
Et précipiter leur chemin ;
Alors j'ai dit : plus je n'espère
De vous voir, Seigneur, sur la terre.

13

Je ne verrai plus de mes yeux
La lumière briller aux cieux,
Et de ma demeure profonde
L'homme qui vit en ce bas monde.

Comme la tente des pasteurs
Est soudain transportée ailleurs,
Je le ferai de ma demeure,
Bientôt après ma dernière heure.

Dieu, coupe le fil de mes jours
Avant qu'ils aient fini leur cours.
Comme un tisseur la toile ourdie,
Avant qu'elle ait été finie.

Je me disais, durant la nuit :
Reverrai-je le jour qui luit.
Le lion brise sa victime ;
Tel sera le mal qui m'opprime.

Au jour, je dirais sans espoir :
Mon Dieu, sera-ce pour ce soir.
Je criais comme l'hirondelle,
La colombe ou la tourterelle.

J'ai tant regardé vers les cieux
Que je sens affaiblir mes yeux ;
Tant que je sentais l'existence,
Je conservai quelque espérance.

Je suis accablé par le mal ;
Mon Dieu, me sera-t-il fatal.
Que pouvez-vous, hélas ! me dire,
Ne suis-je pas sous votre empire.

Je repasserai devant vous
Les effets de votre courroux,
Et dans l'amertume de l'âme,
Le poids cuisant de votre blâme.

Si tel doit être notre sort,
Différez l'heure de ma mort ;
Vivifiez mon existence ,
Mettez un terme à ma souffrance.

Enfin vous m'avez exaucé ;
Vous me pardonnez le passé,
Et de l'éternelle flamme
Vous délivrez enfin mon âme.

Ceux que vous avez condamnés ,
Loin de vous sont abandonnés ;
Ils ne peuvent , dans leur détresse,
Voir l'effet de votre promesse.

Les vivants seuls vous loueront ,
Et comme moi vous béniront.
Le père à son fils vous revèle
Dans votre sagesse éternelle.

Seigneur, mon Dieu, sauvez mes jours,
Et tant que durera leur cours,
Dans votre maison magnifique,
Je vous louerai dans un cantique.

Seigneur favorable, etc.

ANTIENNE : Seigneur, délivrez mon âme de la porte de l'enfer.

ANTIENNE : Que tout esprit.

PSAUME 148.

Laudate Dominum de cœlis.

Vous dont les cieux sont la retraite,
Chantez et mettez vous en fête ;
Chantez jusqu'au plus haut des cieux
Du Seigneur le nom glorieux.

Anges du ciel, sainte milice,
Pour louer Dieu entrez en lice,
Pour chanter tous avec ardeur
Des cieux le souverain seigneur.

Soleil, de Dieu brillante image,
A sa grandeur rendez hommage ;
Lune, et vous astres radieux,
Chantez, louez le roi des cieux.

Lieux supérieurs au cieux visibles,
Eaux à notre œil inaccessibles,
Chantez et louez du Seigneur
Le nom ainsi que la grandeur.

Il a dit. Au sein de l'espace
Le monde entier a pris sa place ;
Il veut ; et soudain à sa voix
L'univers a compris ses lois.

Selon la marche qu'il statue
Chaque partie est maintenue ;
Selon son éternel décret
Sa parole aura son effet.

Et vous, habitants de la terre,
Que chacun de vous le révère ;
Hôtes des abîmes des mers,
Louez le roi de l'univers.

Feux, éclairs, grèles et vous glaces,
Vents qui cédez à ses menaces,
Montagnes, collines et vallons,
Louez le Dieu que nous louons.

Arbres à fruits, troupeaux, reptile,
Et vous oiseaux au vol agile,
Pour louer Dieu, cèdres et bois,
Faites entendre votre voix.

Princes et peuples de la terre,
Roi de son sort dépositaire,
Courbez devant lui vos genoux;
Lui seul est au-dessus de tous.

Enfants, vieillard et jeune fille,
Jeune homme, espoir de sa famille,
Exaltez le nom du Seigneur;
Il n'est de grand que sa grandeur.

Les cieux attesteront sa gloire;
Le temps en garde la mémoire;
Seul en puissance il éleva
Le peuple qu'il se réserva.

Peuples dont il choisit la race
Auprès de lui pour prendre place,
Elus de Dieu, fils d'Israël,
Chantez un hymne à l'Éternel.

Seigneur favorable, etc.

PSAUME 149.

Cantate Domino canticum novum.

Saints, accourez à l'assemblée,
Et là, d'une voix redoublée,
Chantez pour louer le Seigneur
Un nouvel hymne en son honneur.

Qu'Israël exalte son maître.
C'est lui seul qui te donna l'être;
Pour lui manifester sa foi,
Que Sion exalte son Roi.

Au nom de Dieu qu'il applaudisse,
Et dans ses chœurs qu'il retentisse;
Au son des harpes, des tambours,
Manifeste-lui ton amour.

Au peuple, dans sa complaisance,
Il témoigne sa bienveillance,
Du salut, à l'humilité,
Il donne la tranquillité.

Heureux d'avoir suivi ta voie,
Tes saints seront comblés de joie ;
Ils feront retentir les cieux
Du témoignage de leurs vœux.

Dans l'élan de leur allégresse
Ils exalteront ta sagesse ;
Pour régler le sort des humains,
Une arme double est en leurs mains.

Représentants de ta puissance,
Des peuples ils prennent vengeance,
Et décernent aux nations
Le prix de leurs perversions.

Pour satisfaire à ta colère
Des rois et des chefs de la terre
Punissent enfin les forfaits :
Ils les enchaînent à jamais.

Prenant vengeance de leurs crimes,
Ils vengent enfin leur victimes ;
Tel est le glorieux devoir
Que leur impose ton pouvoir.

Seigneur favorable, etc.

PSAUME 150.

Laudate Dominum in sanctis ejus.

Livrez vos cœurs à la prière ;
Louez Dieu dans son sanctuaire ;
Louez-le dans le firmament ;
De ses lois c'est le fondement.

Exaltez-le dans sa puissance,
Dans ses vertus et sa prudence ;
Exaltez-le dans sa grandeur,
Dans sa gloire et sa splendeur.

Pour le célébrer dans vos fêtes ;
Faites retentir vos trompettes,
Faites résonner tour-à-tour
Harpes et lyres et tambour.

Formez des concerts de musique ;
Exaltez Dieu dans un cantique ;
Que le son de chaque instrument
Se fasse entendre incessamment.

Sur la cymbale résonnante,
Exaltez sa grandeur puissante.
Etres divers qui respirez,
Louez Dieu par qui vous vivez.
Seigneur favorable, etc.

___

ANTIENNE : Que tout esprit loue le Seigneur.

℣. J'ai ouï une voix du ciel qui me disait :

℟. Bienheureux ceux qui meurent dans le Seigneur.

ANTIENNE : Je suis.

CANTIQUE DE ZACHARIE.

Benedictus Dominus Deus Israël.

Béni soit le Dieu secourable
Qui dans ce jour si misérable,
Vient enfin pour nous visiter,
Et du péché nous racheter.

Pour David, par spéciale grâce,
Il a fait sortir de sa race
Le vrai sauveur qui doit enfin
Soumettre à Dieu le genre humain.

Ce fût ainsi que sa sagesse
Nous en confirma la promesse,
Quand il nous parla par la voix
De ses prophètes d'autrefois.

Alors il annonça d'avance
Qu'un jour il tirerait vengeance
De tous les maux sur nous commis
Par nos perfides ennemis.

Par un sentiment bénévole
Alors il donna sa parole
Qu'il remplirait, au jour venu,
Le pacte avec nous convenu.

Selon ce serment efficace
Qu'il fit au chef de notre race,
D'Abraham, père des croyants,
Il visite enfin les enfants.

Désormais, bravant la puissance
D'un ennemi plein de vengeance,
Sans crainte d'un nouveau malheur,
Nous pourrons servir le Seigneur.

Nous le servirons sans malice ;
Et selon sa sainte justice,
Nous marcherons tous devant lui ,
Et lui seul sera notre appui.

Et toi , le sujet de ma joie
Qui lui viens préparer la voie ,
Enfant , tu seras du Seigneur
Appelé le saint précurseur.

Du salut et de sa doctrine
Prêchant la parole divine ,
Tu ramèneras Israël
Au service de l'Éternel.

Satisfait de la pénitence ,
Ouvrant son cœur à l'indulgence ,
Alors Dieu nous pardonnera ,
Et nos péchés nous remettra.

Au milieu de nous pour se rendre,
Du haut des cieux daignant descendre,
Il vient enfin nous visiter
Et dans nos maux nous assister.

De la mort et de ses ténèbres
Dissipant les ombres funèbres,
Il nous éclaire et vers la paix
Il guide nos pas désormais.

Seigneur favorable, etc.

ANTIENNE : Je suis la résurrection et la vie ; celui qui croit en moi, quand même il serait mort, vivra ; et celui qui croit en moi ne mourra jamais.

PSAUME 129.

De profundis clamavi ad te.

Du lieu profond et ténébreux
Où je me trouve malheureux,
J'ai mis en Dieu ma confiance,
Et réclame son assistance.

Seigneur, Seigneur, sois attentif;
Entends vers toi mes cris plaintifs;
A ma prière sois propice;
Tends moi ta main libératrice.

Si d'après nos iniquités,
Seigneur, seigneur, vous nous traitez,
Qui soutiendrait votre justice,
Nous pécheurs, esclaves du vice.

De ta pitié nous attendons
Pour nos péchés tes saints pardons ;
De tes lois la paisible attente
Me satisfait et me contente.

Dans le Seigneur me confiant
Je veux être son suppliant.
En cet espoir qui me console
Mon âme croit à sa parole.

Dans le moment que le jour luit
Jusqu'aux ténèbres de la nuit,
Israël plein de confiance
A mis en Dieu son espérance.

De pitié le Seigneur touché
Pour nous racheter du péché
Verse sur l'âme pénitente
Sa grâce efficace et puissante.

Pour le garantir de la mort
D'Israël deplorant le sort
Il le délivre de l'abime
En le rachetant de son crime.

Seigneur favorable, etc.

℣. De la porte de l'enfer.

℞. Seigneur, délivrez leurs âmes.

℣. Qu'ils reposent en paix.

℞. Ainsi soit-il.

℣. Seigneur, exaucez ma prière.

℞. Et que mes cris s'élèvent jusqu'à vous.

PRIONS.

O Dieu qui êtes le créateur et le redempteur de
tous les fidèles, donnez, s'il vous plait, aux âmes de
vos serviteurs et de vos servantes, la remission de

tous leurs péchés et faites qu'elles obtiennent par les humbles prières de votre église, l'indulgence qu'elles ont toujours et si ardemment souhaité : vous qui vivez, etc.

Ainsi soit-il.

Pour l'Anniversaire.

PRIONS.

Seigneur Dieu de miséricorde, accordez aux âmes de vos serviteurs et de vos servantes, que nous vous recommandons en ce jour, qui est l'anniversaire de leur mort, un lieu de rafraîchissement, un repos bienheureux, et une lumière de gloire. Par notre Seigneur Jésus-Christ votre fils, etc.

Ainsi soit-il.

℣. Seigneur, donnez-leur le repos éternel ;

℟. Et faites que votre lumière luise éternellement sur eux.

℣. Seigneur, faites les reposer en paix.

℟. Ainsi soit-il.

PRIONS.

O Dieu qui avez mis au nombre des prêtres apostoliques ceux de vos serviteurs pour qui nous vous
prions, en les élevant à la dignité pontificale (ou
sacerdotale); faites, s'il vous plait, par votre grâce
qu'ils soient éternellement unis à la bienheureuse
société de vos saints Apôtres : Par notre Seigneur,
etc.

O Dieu, qui pardonnez les péchés, et qui aimez le
salut des hommes; nous conjurons votre miséricorde,
d'accorder à tous ceux qui sont nos frères par le lien
d'une société particulière, à tous nos proches et nos
bienfaiteurs, qui sont sortis de ce monde, par l'intercession de la bienheureuse Vierge Marie et de tous
les saints, la grâce de être admis avec eux à la
participation de la béatitude éternelle : Par notre
Seigneur, etc.

O Dieu qui êtes le créateur et le rédempteur de
tous les fidèles, donnez, s'il vous plait, aux âmes de
vos serviteurs et de vos servantes, la rémission de

tous leurs péchés, et faites qu'elles obtiennent par les humbles prières de votre Église l'indulgence qu'elles ont toujours et si ardemment souhaitée : vous qui vivez, etc. Ainsi soit-il.

℣. Seigneur, donnez-leur le repos éternel.

Le jour de la mort ou de l'obit de quelqu'un.

PRIONS.

Nous vous prions, Seigneur, de délivrer l'âme de votre serviteur (ou de votre servante) afin qu'étant mort (ou morte) en ce monde, il (ou elle) ne vive plus que pour vous et qu'il (ou elle) obtienne de votre très grande miséricorde le pardon des offenses que l'infirmité de la chair lui a pu faire commettre pendant qu'il (ou qu'elle) était sur la terre : Par notre Seigneur Jésus-Christ, etc.

Pour un père et une mère.

PRIONS.

O Dieu qui nous avez commandé d'honorer notre père et notre mère, ayez, s'il vous plait, compassion des âmes de mon père et de ma mère, pardonnez-leur leurs fautes, et faites-moi la grâce de les voir un jour dans la joie de la gloire éternelle. Par Jésus-Christ, notre Seigneur, etc.

Pour un homme.

PRIONS.

Écoutez favorablement, Seigneur, les prières que nous vous adressons, pour vous conjurer par votre miséricorde d'établir l'âme de votre serviteur, que vous avez fait sortir de ce monde, dans la région de la paix et de la lumière, et de la faire entrer dans la communion de la société de vos saints. Par Jésus-Christ, etc.

PRIONS.

Pour une femme.

Nous vous supplions Seigneur, d'avoir pitié de l'âme de votre servante et de lui donner part au bonheur du salut éternel, après l'avoir délivrée des misères de la corruption de cette vie mortelle : Par Jésus-Christ, notre Seigneur, etc.

Prose pour les morts.

Au temps ou Dieu dans sa colère
En poudre reduira la terre,
Et tout ce que le monde enserre,

Quelle ne sera point la peur,
Alors que le juge vengeur
A decouvert mettra le cœur.

La trompette du Seigneur sonne
Des morts reveille la personne
Et l'appele devant son trône.

La mort est dans l'étonnement,
De voir les morts spontanément
Se présenter au jugement..

Voilà qu'on ouvre un livre immense
Ou de tous se lit la sentence
De vengeance ou de délivrance.

Le juge alors apparaîtra
A decouvert qui tout mettra
Et sans punir, rien n'omettra.

Que dirai-je alors, misérable,
Et qui me sera favorable,
Le juste à peine est absolvable.

Loi dont l'esprit produit l'émoi
Source de grâce et de la foi,
Ah! je t'en prie, absolve-moi.

Mon bon Jésus vois, considère
Que pour moi tu vins sur la terre,
Et pour moi ne sois pas sévère.

A me chercher tu persistas
Sur la croix tu me rachetas
Et grâce je n'obtiendrais pas.

Juge de grâce et de vengeance,
Avant d'en prendre connaissance
Remets la peine à mon offense.

De honte ma face rougit;
Sans cesse mon cœur en gémit;
Mais de mes péchés soit l'acquit.

O vous qui remîtes leur peine
Au bon larron , à Magdeleine ,
Qu'ainsi ma grâce soit certaine.

De prier je m'acquite mal ;
Mais de moi sois mémorial ,
Et je braverai ton rival.

Dans tes brebis donne-moi place ;
Au bouc immonde donne chasse ;
A ta droite admets-moi par grâce.

Les méchants sont enfin maudits
Dans l'enfer à jamais proscrits
Et moi tu m'adjoins aux bénis.

O jour terrible et de colère
Ou le méchant et le faussaire
Renaîtront vivans de la terre.

Mais s'il n'est plus possible, hélas !
De faire grâce aux scélérats
Et d'effacer leurs attentats.

O bon Jésus, dans ta sagesse
Sois indulgent pour la faiblesse
Qui te connaît et te confesse.

Exauces-nous et sous tes yeux
Admets-nous Seigneur dans les cieux
A vivre saints et glorieux.

Ainsi soit-il, etc.

Inscription placée à l'entrée d'un cimetière nouveau de mon pays.

———

Chrétiens, ne craignez pas de visiter ces lieux ;
Venez, il est bien vu des yeux même de Dieu ;
Venez, il est béni, venez-le voir sans crainte ;
Des sentiers tous frayés divisent son enceinte ;
Suivez-les lentement ; c'est le champ du repos
Propre à vous suggérer de bons et saints propos.

———

Mais pour vous disposer à suivre cette idée,
Par la réflexion qu'elle soit précédée ;
Lisez donc ce qui suit, et dans les vers suivants
Vous trouverez matière à de propos fervents.

———

L'homme vit aujourd'hui ; mais sera-t-il demain ?
Et de ce jour, peut-être, atteindra-t-il la fin ?
O dureté de cœur, ô pauvre race humaine !
Penser à sa fortune, à soigner son domaine,
Voilà son but, sa tache ; et d'un prochain trépas
Repousse la pensée ou ne s'occupe pas.

14.

Mourir, il le faut bien; s'il est heureux de vivre,
Est-ce pour s'occuper d'un bien qui nous enivre?
Non, non, c'est pour aller vivre à jamais en Dieu;
Mais pour y parvenir, est-ce à travers la route
D'un cœur indifférent ou l'abime du doute,
Chemin perdu dont le but est sans port,
Chemin d'illusion, de l'éternelle mort.
Pensez donc à la mort, vous, chrétiens catholiques,
Et fuyant avec soin les chemins excentriques,
L'orgueil de tout juger au pied de la raison,
Ralliez-vous de cœur à la religion.
Pensez, pensez surtout que notre vie est brève,
Qu'elle passe et nous fuit ainsi que fuit un rêve;
Et que le fils de l'homme, arbitre du trépas,
A vous viendra le jour où vous n'y pensez pas;
Combien, lorsqu'il viendra heurter votre demeure,
Et qu'il signalera qu'il est temps que l'on meure,
Vous gémiriez d'avoir fui votre devoir.
Allons, réveillez-vous, ranimez votre espoir;
Suivez la loi de Dieu, suivez son ordonnance,
Et Dieu vous donnera le ciel pour récompense.

**Prière pour les âmes du Purgatoire placée à l entrée
du cimetière nouveau de mon pays.**

Seigneur, seigneur, exaucez ma prière ;
Ecoutez-moi ; prenez pitié du sort
De nos parents moissonnés par la mort ;
De nos amis au bout de leur carrière
Non introduits dans le céleste port.
Par Jésus-Christ, rédempteur de leurs âmes,
Par son sang pur versé, quoiqu'innocent.
Du Purgatoire amortissant la flamme,
Adoucissez leur pénible tourment ;
Admettez-les à ce bonheur suprême
De vivre en vous, éternelle clarté,
Et contempler, en votre essence même,
Le bien parfait, centre de vérité,
Pour qu'à leur tour, dans leur reconnaissance,
Pour le bonheur d'être admis dans les cieux,
Ils veuillent bien prier dans l'espérance
Qu'un jour unis tous en les mêmes lieux,
Nous puiserons, au gré de notre envie,
Le céleste bonheur aux sources de la vie.

Autre Inscription.

Dirige sur ma fille un œil de bienveillance ;
Admets-la pour toujours, Seigneur, en ta présence.
Exauce-moi, grand Dieu ! favorable à mes vœux,
Reçois-la, je t'en prie, au rang des bienheureux.

Stabat mater

Mis en vers français.

En face de la croix sanglante,
Se trouve sa mère dolente
D'avoir vu son fils suspendu.

———

Une douleur vive et cruelle
Poigarde son cœur, la harcelle
En voyant son sang répandu.

———

Qu'elle devait être amère
L'affliction de cette mère,
Mère d'un unique fils.

Hélas ! comme elle se lamente,
Pleure, gémit et se tourmente
A l'aspect de son fils occis.

———

Quel cœur resterait insonsible
A l'aspect du malheur terrible
Dont cette mère est le témoin.

———

Qui ne serait plein de tristesse
De la voir regretter sans cesse
Ce fils objet de tant de soin.

———

Elle aperçoit ce fils aimable
Flagellé comme le coupable
Pour racheter sa nation.

———

Elle voit, pleine de tristesse,
Ce cher objet de sa tendresse
Expirer dans l'affliction.

Source d'amour ! o bonne mère !
Ecoute, écoute ma prière,
Permets que je pleure avec toi.

———

Embrase mon cœur et mon âme
De ce même amour qui t'enflamme
Pour ce cher objet de ma foi,

———

Jusqu'au fond de mon cœur imprime
Les plaies faites à la victime
Qui s'offre pour notre salut.

———

Que je puisse entrer en partage
Des peines, tourments et outrage
Que pour nous tous il concourut.

———

Et tant qu'ici-bas je demeure,
Fais qu'avec toi toujours je pleure
En pensant au crucifié.

C'est mon desir le plus intime
Près de la croix de la victime
A tes pleurs d'être associé.

O vierge illustre et sans pareille,
Des créatures la merveille,
Avec toi laisse-moi pleurer.

Laisse-moi déplorer la perte,
Cette mort par ton fils soufferte
Que je ne cesse d'admirer.

Que je contemple son martyre,
Cette croix où Jésus expire
Pour le salut du genre humain.

Embrase mon cœur de ta flamme ;
Défends et protège mon âme
Au grand jour de mon examen.

Que l'œil de Jésus me regarde,
Que sa croix soit ma sauvegarde,
Que sa grâce échauffe mon cœur.

———

Puis du corps quand l'âme s'envole
Avec ta grâce bénévole,
Vers les cieux sois son conducteur.

PRIÈRES ORDINAIRES.

NOTRE PÈRE.

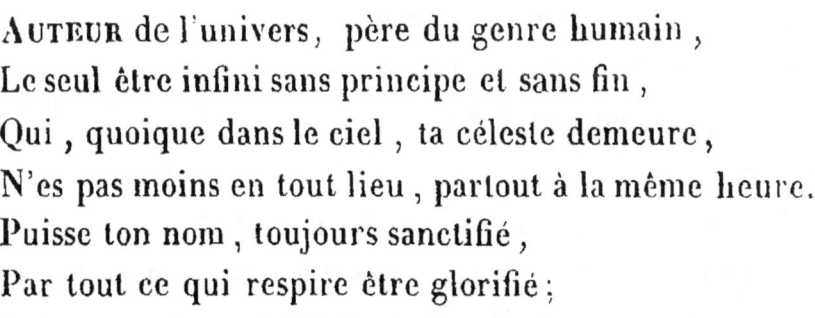

AUTEUR de l'univers, père du genre humain,
Le seul être infini sans principe et sans fin,
Qui, quoique dans le ciel, ta céleste demeure,
N'es pas moins en tout lieu, partout à la même heure.
Puisse ton nom, toujours sanctifié,
Par tout ce qui respire être glorifié;
Puisse ta volonté; dans les cieux, sur la terre,
Ne trouver point d'obstacle à toi—même contraire;
Puissions—nous tous, au moment de la mort,
N'ouïr point de ta bouche un jugement funeste,
Et de tes bienheureux, pour partager le sort,
Être introduits bientôt dans le palais céleste.
Seigneur, tant qu'ici-bas nous sommes voyageurs,
De la disette écarte les malheurs,

15

Et donne, chaque jour, à chaque créature
Le pain qui doit être sa nourriture ;
Mais satisfais surtout au désir de son cœur
Qui nuit et jour t'invoque et te réclame,
Et dépars-lui cette insigne faveur.
Du pain du ciel viens sustenter son âme ;
O Dieu puissant, sois-nous propice et doux ;
Nous t'en prions, ne déploie point sur nous
Ni ta rigueur ni ta justice ;
Ecoute-nous d'une oreille propice,
Et des péchés commis contre ton nom
Ah! par pitié, remets-nous le pardon,
Ainsi que nous usons de la même indulgence
Envers tous ceux qui nous ont fait offense.
Du penchant vers le mal
Aux humains si fatal,
Préserve-nous, préserve-nous sans cesse.
Seigneur, que ta tendresse, désarme ton courroux,
Pour nous sauver de l'éternelle flamme.
Puisse ta protection et du corps et de l'âme,
Veiller toujours sur eux, les garder du péril
Et dire comme nous : Seigneur, ainsi-soit-il.

JE VOUS SALUE MARIE.

Je vous salue, excellente Marie,
Pleine de grâce, en Dieu chérie,
Que le Seigneur soit avec vous,
Toujours propice, toujours doux ;
Que votre nom fasse écho dans nos âmes
Soyez bénie entre toutes les femmes
Et que le fruit de votre chaste sein
Soit béni pour toujours, à jamais et sans fin.
Priez pour nous, sainte Marie,
Prenez en pitié notre sort ;
Que votre face nous sourie
En ce moment comme à la mort.

JE CROIS EN DIEU.

Je crois en Dieu le père tout-puissant,
Le seul principe agissant et pensant,
Seul créateur du ciel et de la terre,
De l'univers et de ce qu'il enserre ;

Je crois encore, avec même ferveur,
En Jésus-Christ, le souverain Seigneur,
L'unique fils de Dieu, le Dieu suprême
Né de lui seul, avant le temps lui-même,
Le Dieu de Dieu, le vrai Dieu du vrai Dieu ;
Sans point d'arrêt et sans aucun milieu,
Lumière encor, lumière de lumière,
Sans entre-deux et sans intermédiaire,
Fils engendré du vrai Dieu l'éternel,
Non fait par lui, mais son consubstantiel,
Par qui fût fait tout ce dont l'existence
Se manifeste ou non par sa présence,
Qui pour nous et pour notre salut,
En descendant des cieux dans ce seul but
Par l'esprit saint et sans allégorie,
S'est incarné dans la vierge Marie
Et s'est fait homme en toute vérité
Pour témoigner pour nous sa charité,
Qui mis en croix pour le salut des hommes,
Sous un préteur que Pilate l'on nomme,
Souffrit, mourut ainsi qu'un tendre agneau,
Et par les siens fut mis dans le tombeau ;
Puis le troisième jour, quittant sa sépulture,
En ressortit vivant, comme dit l'Ecriture,
Et bientôt s'élevant dans la voute des cieux,
A la droite du Père assis et glorieux,

Il siège en souverain sur son auguste trône
Jusqu'à ce qu'il revienne, à la fin, en personne,
Juger tous les mortels, les vivants et les morts
Rappelés, à sa voix, du fond des sombres bords,
Et commencer un règne éternel en durée,
Où la paix aux humains est enfin assurée.
Je crois au Saint-Esprit vivifiant,
Principe actif, divin, sanctifiant,
Qui procède du fils en même temps du père,
Que comme l'un et l'autre on adore, on vénère,
Et qui jadis fit entendre sa voix
Par les prophètes envoyés autrefois.
J'admets encor l'Église catholique,
Eglise sainte, unique, apostolique;
Un saint baptême en qui tous nos péchés
Etant remis, ne sont plus recherchés;
Comme j'attends que Dieu les morts appelle
A vivre enfin de la vie éternelle.

JE CONFESSE A DIEU.

Je confesse à Dieu tout-puissant,
Dieu juste, mais compâtissant,

A la bienheureuse Marie ,
Vierge pure, mère chérie ;
A saint Michel, le grand archange
Chef de la grande phalange ;
A saint Jean, premier baptiseur,
De Jésus–Christ le précurseur ;
Aux deux apôtres Pierre et Paul,
De notre Église la lumière ;
Aux habitants des saints parvis ,
Saints et saintes du Paradis ;
A vous, mon respectable père
Représentant de Dieu sur terre ,
Ecoutez–moi , je suis pécheur
Et de la loi le transgresseur ;
En un mot , j'ai commis le crime,
Mérité l'enfer et l'abîme ;
C'est par ma faute, hélas ! hélas !
Et du péché le seul appas ;
Que plein d'une coupable audace,
J'ai pu résister à la grâce ;
Que j'ai péché gratuitement
Et mérité mon châtiment,
A vous tous donc, dans ma détresse,
Je me réclame et je m'adresse ;
Prenez pitié de mon état ,
Priez pour moi, pour un ingrat,

Et Dieu, ce bon et tendre maître,
Par vous m'absolvera peut—être.

COMMANDEMENTS DE DIEU.

Un seul Dieu tu reconnaîtras,
Et désormais l'honoreras
Avec amour, avec tendresse,
Et de ton cœur dans la souplesse.

Son nom point ne blasphèmeras;
Point en vain tu ne le prendras ;
Ou courroucé de ton offense,
Lui-même en tirera vengeance.

Le dimanche tu fêteras
Et de travail tu t'abstiendras,
Pour en agir comme Dieu même,
Qui s'en abstint le jour septième.

Père et mère tu chériras,
En tous temps les respecteras,
Et Dieu, fidèle en sa promesse,
Te donnera longue vieillesse.

Jamais tu ne te vengeras ;
Homicide point ne seras.
L'assassinat de son semblable
Fut toujours un crime exécrable.

La décence tu garderas ;
Luxurieux point ne seras ;
Ennemi de toute souillure,
Conserve en tout une âme pure.

Du bien d'autrui tu t'abstiendras ;
Jamais tu ne déroberas ;
Préserve-toi de la rapine,
Comme du vol à la sourdine.

De tout faux tu te garderas ,
Et jamais tu ne mentiras ;
Te faut-il rendre témoignage ,
Sois juste et vrai dans ton langage.

De la femme à toi qui n'est pas ,
Jamais tu ne t'approcheras ;
Mondain , si tu veux être sage ,
Obéis aux lois du mariage.

Jamais tu ne désireras
Les biens à toi qui ne sont pas ,
Si tu recherches la richesse ,
Sois l'ennemi de la paresse.

COMMANDEMENTS DE L'ÉGLISE.

Les fêtes tu sanctifieras,
Avec soin les observeras,
Soumis à la loi de l'Église
Fais en chrétien ce qu'elle exige.

Dimanche et fêtes soin auras,
De ne manquer en aucun cas,
D'assister au saint sacrifice
Qui seul te rendra Dieu propice.

Avec soin tu confesseras
Les péchés que tu commettras
Au moins une fois dans l'année
A l'époque déterminée.

Avec Dieu tu communieras
Son corps vivant tu recevras
A Pâques au moins, nouveau passage
Qui t'affranchit de l'esclavage.

Quatre temps, veilles, jeûneras,
Comme encore tu le feras,
Si tu redoutes l'anathème
Durant tout le temps du carême.

Vendredi chair ne mangeras,
Comme encor tu t'en abstiendras
Samedi de chaque semaine
Et dans la sainte quarantaine.

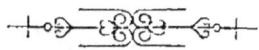

PRIÈRE AU S. PATRON.

ÉLU de Dieu dont je reçus le nom,
Quand du péché de notre premier père,
L'eau du baptême, eau sainte et salutaire,
En me lavant m'assura le pardon,
Et que par lui Dieu mon Seigneur et maître
Dans ses enfants consentit de m'admettre ;
Vous à qui mon Seigneur confia mon salut
Jusqu'à ce que je paie à la mort mon tribut ;
Je me rallie à votre surveillance
Heureux de mettre en vous mon espérance ;
Je vous en prie, intercedez pour moi,
De Jésus-Christ que je suive la foi,
Par le péché que la grâce perdue ;
Par le Seigneur me soit enfin rendue,
Relevez, soutenez mes esprits abattus,
Obtenez-moi d'imiter vos vertus ;
Et dans le cours de mon pèlerinage
Ne laissez pas défaillir mon courage
Puis quand viendra le moment de la mort
Pour me guider vers le céleste port.
Reconfortez mon âme défaillante,
Prenez pitié, hélas ! de son attente,

Et que par vous digne d'un sort heureux,
Elle entre sans tarder au royaume des cieux.

PRIÈRE AU S. ANGE GARDIEN.

ANGE du Ciel, essence spirituelle,
Que Dieu créa pour être le témoin,
De son bonheur, de sa gloire éternelle
Et dans le temps lui confier le soin
De veiller l'homme et protéger sa race
Et l'emmener s'il adhère à la grâce,
A prendre rang au royaume des cieux.
Et partager son bonheur glorieux ;
Jusqu'à ce jour si mon âme rebelle
S'est refusée à céder franchement
Aux bons avis que par amour et zèle
Vous lui donnez sans fin tacitement.
Aidé, je crois, d'un surcroît de la grâce
Il est en moi je l'espère aujourd'hui
De réclamer votre aide, votre appui
Parmi les saints, afin d'obtenir place,

Accourez donc mon bon Ange Gardien
Et me couvrant d'une aile tutelaire,
Préservez-moi du danger de mal faire,
Et guidez-moi dans la route du bien ;
Puis disposant mon âme à la prière,
A l'instant même élevez-vous au ciel
Pour déposer aux pieds de l'éternel
De mon amour l'hommage volontaire,
Et quoique indigne de sa sainte amitié
Pour le prier de me prendre en pitié,
Preservez-nous de l'attaque secrète
Qu'à chaque instant le démon qui nous guette
Contre mon âme à diriger s'apprète,
Pour m'entrainer dans l'abyme fatal
Et consommer mon malheur infernal
Pour prévenir une telle infortune,
Si déplorable et pourtant si commune,
Ne cessez pas de veiller sur mon sort,
Surtout hélas ! quand sur mon lit de mort
Mon triste corps plongé dans la souffrance,
Mais succombant sous la force du mal
S'avancera vers le terme fatal ;
Amortissez sa douleur et sa peine
Et dès l'instant que sa fin est prochaine
Et qu'il n'est plus de voie de guérison
Délivrez l'âme enfin de sa prison ;

Puis dans les airs par un essor sublime
Loin des dangers de l'infernal abime
Hâtant son vol vers le centre du ciel
Soyez son guide aux pieds de l'éternel.

Prière avant et après le repas.

SEIGNEUR, nous sommes à vous
D'un œil propice voyez-nous,
Donnez-nous notre nourriture,
De nos besoins à la mesure
Et bénissez de votre main
Et cette table et notre pain.

Seigneur, nous nous sommes nourris
Des mets que vous avez bénis
Faites qu'ils tournent à bon usage
Et de nous tous à l'avantage
Et que nous puissions nuit et jour
De vous obtenir votre amour.

PSAUMES DE LA PÉNITENCE.

PSAUME 6.

Domine ne in furore tuo arguas me, neque in irâ tuâ corripias me.

SEIGNEUR, retiens ta main, si j'ai pu te déplaire
Ne me corriges pas au jour de ta colère.

Mes os sont ébranlés, protège-moi Seigneur,
De ses mauvais penchants viens délivrer mon cœur.

Sous le poids du péché dont mon âme est troublée ;
Permettras-tu longtemps qu'elle soit accablée.

Cette âme, don divin, frémit de son péché ;
Pourrais-tu de pitié n'en être pas touché.

Soumets-la Dieu puissant à ton ordre suprême,
Accours à son secours, sauve-la d'elle même.

De toi dans le tombeau l'on ne se souvient plus,
L'on n'y chante jamais ton nom et tes vertus.

La crainte salutaire excite mes alarmes;
Je mouille chaque nuit ma couche de mes larmes.

Mes yeux tous desséchés ne versent plus de pleurs
Tant de mes ennemis j'ai senti les fureurs.

Éloignez-vous de moi, mortels pleins de malice,
Le Seigneur à ma voix se montre enfin propice.

Il a connu pour lui tout mon attachement,
Et satisfait enfin mes vœux dans ce moment.

Puissent mes ennemis secourus par ta grâce,
Rougir de leur malice et marcher sur ma trace.

PSAUME 31.

Beati quorum remissæ sunt iniquitates et quorum tuta sunt peccata.

HEUREUX est le mortel dont tu daignes, Seigneur,
Remettre les péchés et pardonner l'erreur.

Si dans son repentir il est franc et sincère,
Tu lui pardonneras sans te montrer sévère.

Du mal et du péché j'ai vieilli sous le poids,
Vers toi, mon créateur, j'élève enfin la voix.

Ta main à chaque instant m'accable de tristesse,
L'aiguillon du remords redouble ma détresse.

Je n'ai point hésité d'avouer mon péché
Et de mon crime, hélas ! je ne t'ai rien caché.

J'ai dit : je t'avouerai contre toi mon offense,
Et ton cœur s'est montré pour moi plein d'indulgence.

Les saints au temps marqué, dans cet heureux espoir,
Viendront tous s'acquitter de ce même devoir.

Et dut la terre encore éprouver un déluge,
Ses eaux n'atteindront pas au lieu de leur refuge.

Dans l'excès de mes maux à toi seul j'ai recours
Contre mes ennemis prête-moi ton secours.

Mais tu dis, l'œil sur toi de la céleste voute,
Je t'apprendrai du bien quelle est la bonne route.

Empresse-toi, dis-tu, de céder à mes vœux,
Et ne te montres pas tel qu'un cheval fougueux..

Voudrais-tu comme lui du maître qui le guide,
Résister à la main et rompre enfin la bride.

Dieu frappe le méchant pour le rendre meilleur.
Mais il prend en pitié l'homme selon son cœur.

Témoignez au Seigneur, votre juste allegresse
Et chantez le bonheur qu'inspire sa sagesse.

PSAUME 37.

Domine ne in furore tuo arguas me, neque in irâ tuâ corripias me.

Seigneur', ne punis pas envers toi mon offense,
Modère ta colère, arrête la vengeance.

Les traits de ton courroux dirigés par ta main
M'ont accablé de maux et transpercé mon sein.

Au bruit de ton courroux ma chair s'est corrompue.
Et la paix de mon cœur de suite est disparue.

Par mes iniquités je me sens écrasé,
A leur seul souvenir je me sens accablé.

Lorsque de l'offenser j'ai conçu la folie
Je fus plein de tristesse et de mélancolie.

Dans mon malheur hélas ! je me sens défaillir,
Je marche et le remords vient encor m'assaillir.

Je ressens dans mes flancs un feu qui me consume,
Et ne trouve en tout lieu que douleur, qu'amertume.

Brisé par la douleur, mon cœur est aux abois,
Je gémis et vers toi fais retentir ma voix.

De mes derniers secrets tu pénètres la trame ;
Rien ne t'échappe en moi, même un soupir de l'âme.

Mon corps a défailli, mes yeux sont obscurcis.
Et mon cœur est rongé de pénibles soucis.

Mes proches, mes amis qui devaient me défendre,
Me déclarant la guerre ont voulu me surprendre.

Loin de moi mes voisins ont dirigé leurs pas ;
Partout mes ennemis me livrent des combats.

Leurs discours envers moi sont pleins de tromperie,
Chaque jour par la ruse ils attaquent ma vie.

Mais je suis resté sourd à leurs méchants propos,
Et ma langue est restée dans un parfait repos.

Mon oreille à leur voix est comme innacessible,
Et ma langue est restée en ma bouche insensible.

Par mes pleurs, par mes cris j'espère t'émouvoir ;
Tu ne tromperas pas mes vœux et mon espoir.

Seigneur, permettras-tu que leur voix mensongère
Par leur chant de triomphe aggrave ma misère.

A ta loi cependant j'obéis sans regrets ;
Ma douleur a mes yeux justifie ton arrêt.

De ma faute, Seigneur, à toi je me confesse ;
J'y pense tous les jours et m'en repens sans cesse

Innocent je me vois en butte aux agresseurs,
Chaque jour voit accroître leur nombre et leurs fureurs.

Parce que de ta loi j'ai suivi la justice,
Des méchants contre moi parlent avec malice.

Ah ! prête-moi, Seigneur, le secours de ton bras,
Loin de moi, Dieu puissant, ne la retire pas.

Ecoute les accents de ma voix suppliante,
Et satisfais les vœux de mon âme fervente.

PSAUME 50.

Miserere mei. Deus, secundùm magnam misericordiam tuam.

SEIGNEUR, ouvre ton cœur à la miséricorde,
Pour fléchir ton courroux, en pleurant je t'aborde.

Je t'implore, Seigneur, écoute mes aveux,
Vois d'un œil de piété tous mes travers honteux.

Ne consulte, Seigneur, jamais que ta bonté,
Et détourne les yeux de mon iniquité.

Viens me purifier de mes tâches impures,
Que je sois par tes mains lavé de mes souillures.

Je connais les péchés que mon cœur a commis,
Point de repos pour lui qu'ils n'aient été remis.

Contre toi seul mon cœur était plein de malice,
Sois juste et que sur moi éclate ta justice.

Avant que je naquisse je péchais contre toi,
Ma mère me conçut transgresseur de ta loi.

Pour le vrai tu connais mes sentiments sincères,
Revèle-moi, grand Dieu, tes sublimes mystères.

De ses iniquités lave ton serviteur,
Et la neige sera moins blanche que mon cœur.

De mon esprit, Seigneur, écarte la tristesse,
Mes os tressailleront de joie et d'allégresse.

Ne fixe plus tes yeux sur mes égarements,
Extirpe de mon cœur tous ses mauvais penchants.

Rends mon cœur pur, au feu d'une céleste flamme,
Règle par ton amour les désirs de mon âme.

Ne me rejette pas, écoute-moi, grand Dieu !
Et que ton esprit saint m'accompagne en tout lieu.

Ne me refuse pas les secours de ta grâce,
Que sa force dans moi, Seigneur, soit efficace.

J'enseignerai tes lois aux pécheurs, aux méchants,
Puissé-je les guérir de leurs mauvais penchants.

Délivre-moi, mon Dieu, de la chaîne du vice,
Et ma voix en tout temps louera ta justice.

Purifie, ô mon Dieu, la langue du pécheur,
Et pour toujours sa voix chantera ta grandeur.

Ma main t'eut présenté sur l'autel une offrande,
Mais ce n'est pas ces dons que ton cœur nous demande.

Ce qui peut seul te plaire est un esprit touché,
Ne punis point celui qui pleure son péché.

Fixe sur nous, Seigneur, un œil de complaisance,
Et que chacun de nous ressente ta présence.

Au pied de tes autels, tu nous verras alors,
T'offrir en sacrifice et notre âme et nos corps.

Dirige sur ma fille un œil de complaisance ;
Admets-la pour toujours en ta sainte présence.

PSEAUME 101.

Domine, clamavi ad te exaudi me.

· Laisse ma voix plaintive arriver jusquà toi,
Écoute un malheureux, Seigneur, exauce-moi.

Ne me refuse pas un regard favorable,
Tends-moi dans ma douleur une main secourable.

D'invoquer ton secours quelque soit le moment ,
Aux cris de ma douleur satisfais promptement.

Mes jours ont disparu comme de la fumée,
Et mes os desséchés ainsi que la ramée.

J'oubliai de manger : mon cœur, faute de pain,
Ainsi que du foin sec s'est flétri dans mon sein.

A force de gémir et de pleurer mon crime ,
Ma chair dessus mes os s'affaisse et se comprime.

Ainsi qu'un pélican, j'ai vécu plein d'ennuis,
Et j'ai fui la clarté comme l'oiseau des nuits.

Je ne saurais dormir accablé de misère ,
Je suis tel qu'un moineau dans son trou solitaire.

16.

Ceux qui me haissaient redoublent leur mépris
Et j'ai vu contre moi s'élever mes amis.

A mon pain j'ai mêlé la cendre de ma couche,
Et les pleurs de mes yeux ont coulé dans ma bouche.

Lorsque de ton courroux accablé par les traits
Je me suis vu déchu pour prix de mes bienfaits.

Comme l'ombre qui fuit j'ai vu passer ma vie,
Et me suis desseché comme l'herbe flétrie.

Toi seul dans tous les temps tu fus et tu seras,
Jamais de mon esprit tu ne t'effaceras.

Mais quand viendra le jour où notre cité Sainte,
Te verra, Dieu puissant, compâtir à sa plainte.

Il est venu ce temps, vois les fils de Sion
Montrer pour ses débris leur prédilection.

Les peuples et les rois témoins de ta puissance,
Trembleront à ton nom et craindront ta vengeance.

Ils ont vu de Sion relever les remparts,
Et n'ont pu soutenir le feu de tes regards.

Ils ont vu du malheur secourir la faiblesse.
Et ne pas repousser le cri de la détresse.

Alors un nouveau peuple bénira tes bienfaits,
Et chantera, Seigneur, ta puissance à jamais.

Il chantera ton nom, ta bonté tutélaire,
Qui te porte du ciel à regarde la terrer.

Qui te porte, Seigneur, à plaindre les captifs,
A délivrer des morts ceux qui furent tes fils.

Alors tous réunis dans Jérusalem même,
Ils viendront exalter ta puissance suprême.

Les peuples et les rois réunis dans son sein,
Viendront tous se soumettre à ton pouvoir divin.

Dans l'espoir de ce jour dont mon âme s'enivre,
Dis-moi le temps, Seigneur, que je dois encor vivre?

Ne brise pas ma vie au milieu de son cours
Toi qui dans tous les temps fus et seras toujours.

Créant le temps, Seigneur, ta main fonda la terre,
Créa le ciel, l'espace et tout ce qu'il enserre.

Ainsi qu'un vêtement ils veilliront enfin ,
Ta main les détruira, toi qui n'as point de fin.

A ta voix ils ont pris de suite une autre forme ,
Mais toi seul es toujours à toi-même conforme.

Alors sans redouter le retour des malheurs ,
En paix auprès de toi vivront tes serviteurs.

PSAUME 129.

De profnndis clamavi ad te, Dominc.

AFFAISSÉ sous le poids d'une amère douleur.
J'invoque ton secours, exauce-moi, Seigneur.

Prête à ma voix Seigneur une oreille attentive ,
De grâce, prends pitié de mon âme plaintive.

Detourne tes regards de mon iniquité,
Nul mortel ne saurait soutenir leur clarté.

A la pitié ton cœur fut toujours accessible,
Ta loi fait tout l'espoir de mon âme sensible.

Sa parole est sacrée il la garde à jamais,
Je me rappelerai, Seigneur, de tes bienfaits.

Le garde de la nuit soupire après l'aurore,
Mais mon âme vers Dieu soupire plus encore.

Par notre repentir il se laisse toucher,
Et garde-nous, grand Dieu, du malheur de pécher.

Israél gémissait sous le poids de son crime
Tu le racheteras des peines de l'abyme.

PSAUME 142.

Domine, exaudi orationem meam.

Seigneur, pèse ma vie au poids de la justice,
Et prête à ma prière une oreille propice.

Ah ! plutôt abstiens-toi de sonder dans mon cœur,
Tout mortel ne peut être à tes yeux qu'un pécheur.

Contre mon adversaire, ah ! sois-moi favorable,
Sous le poids de mon bras mon ennemi m'accable.

Rélegué par sa main dans des lieux ténébreux,
J'ai gémi nuit et jour dans un état affreux.

Mais bientôt reppelant ton merveilleux ouvrage,
A l'œuvre de tes mains j'ai rendu témoignage.

Je t'ai tendu les mains du fond de mon tombeau,
Mon âme est comme un champ qui réclame de l'eau.

Hâte-toi d'exaucer ma fervente prière,
Sinon mon âme tombe en défaillance entière.

Ah! Seigneur, loin de moi ne porte pas tes yeux,
Ou je deviendrais tel qu'un mort silencieux.

De ta compassion donne moi l'assurance,
En toi seul, en tout temps, j'ai mis mon espérance.

Je n'ai jamais cessé, Seigneur, de te chercher,
Montre-moi le chemin par où je dois marcher.

Repousse loin de moi toute pénible atteinte,
Mon Dieu, soumets mon cœur à ta volonté sainte.

Applanis le chemin qui mène jusqu'à toi,
Et dirige mes pas comme le veut ta loi.

Ote à mes ennemis le pouvoir de me nuire,
Dans le port du salut, Seigneur, viens me conduire.

De mes persécuteurs confond le noir dessein
Et mon âme à jamais bénira son destin.

FIN DES PSAUMES DE LA PÉNITENCE.

PSAUME 30.

In te Domine speravi, etc.

J'AI mis en toi toute ma confiance
Ne confonds point mon espérance
Seigneur pour une éternité
Juge-moi selon l'équité.

Sur nous que ta sagesse veille
Incline vers nous ton oreille,
Hâte-toi de nous secourir
Sinon, bientôt, je vais périr.

Raffermis mon esprit fragile,
Sois mon refuge et mon asile
Viens adoucir mon triste sort,
Sauver mon âme de la mort.

Contre les malheurs de ce monde ,
En toi seul mon espoir se fonde
Que ton nom soit mon protecteur
Et de nos pas le conducteur.

Dans ton asile tutélaire
Empresse-toi de me soustraire
Aux filets tendus sur mes pas ,
Seigneur, ne me repousses pas.

Pour mon Sauveur je te réclame ,
Entre tes mains je mets mon âme
Sauve—la, Dieu de vérité ,
Des peines qu'elle a mérité.

Au Père, au Fils gloire éternelle,
Au Saint-Esprit gloire immortelle ,
Ce fut dès les commencements
Comme cela sera , même au delà du temps.

PSAUME 136.

Super flumina Babylonis.

De l'Euphrate assis sur la rive,
Le cœur plein d'une douleur vive,
Jouets d'une autre nation,
Nous sanglotâmes tous en pensant à Sion.

Nos mains au milieu du feuillage
Des saules bordant le rivage,
Avaient pendu nos instruments
Et nous ne poussions plus que des gémissements.

Alors ceux qui furent nos guides
Avec des paroles perfides
Redoublèrent notre douleur,
En nous interrogeant sur les chants du Seigneur.

Chantez-nous un de ces cantiques,
Où dans des termes magnifiques,
Vous exaltiez dans le saint lieu
Le nom et la grandeur de votre unique Dieu.

Nous leur dîmes, pour vous complaire,
Pourrions-nous, en terre étrangère,
Vous chanter ainsi, du Seigneur,
Le nom, les attributs, la suprême grandeur.

Puissé-je, dans votre esclavage,
De mes mains oublier l'usage,
Si je pouvais, à l'avenir,
De sa sainte Cité perdre le souvenir.

Puissé-je, perdant la parole,
Rester muet comme l'idole,
Sion, s'il se pouvait un jour,
Que tu ne fusses plus l'objet de mon amour.

Et si tu ne devais sans cesse
Etre l'objet de ma tendresse,
Le but où tendent mes désirs,
Enfin l'unique objet où j'ai mis mes plaisirs.

Seigneur, conserve la mémoire
De la parole blasphématoire
Qu'élevaient les enfants d'Edom
Contre Jérusalem et contre ton saint nom.

Remplis d'une joie inhumaine,
Ils disaient, poussés par la haine,
Détruisez, détruisez Sion,
Qu'en elle rien n'échappe à la destruction.

Et toi, fille de Babylone,
Viendra le jour où ta personne
Du malheur sentira l'accès :
Heureux qui d'entre nous te rendra tes excès.

Heureux sera le chef habile
Qui pénétrant dans ton asile ,
S'emparera de tes enfants
Pour les livrer au fer des soldats triomphants.

PSAUME 103.

Benedic, anima mea, Domino.

David relève ici la grandeur de Dieu et sa magnificence dans la création de l'univers, dans l'ordre où il a placé toutes choses, dans la manière dont il le soutient et le conserve, en un mot, dans toutes les merveilles qu'offrent à nos yeux le ciel, la terre et les mers.

O ma voix, obéis à l'élan de mon cœur
Et répète en tout lieu : béni soit le Seigneur.
Que son nom est puissant, qu'il est grand et sublime !
La gloire et la bonté sont son essence intime.
Revêtu de lumière, aux habitants des cieux,
Seigneur, tu parais tel qu'un soleil radieux.

Tu dis, et la voûte céleste,
Par l'effet d'un mot créateur,
Se déroule et se manifeste
Comme la tente du pasteur.

En s'élançant sur un nuage,
Tu parais sur l'aile des vents,
De l'univers pour consommer l'ouvrage
Et donner l'existence au temps,

Dans l'attente et le silence,
Les Anges et les Chérubins,
Œuvre de la toute-puissance,
Exécuteurs de tes desseins,
L'œil demi-voilé par leur aile,
Epient le glorieux instant,
Lorsque ta sagesse éternelle,
Tout-à-coup en manifestant
Ta puissance par ton ouvrage
Et lançant tes commandements,
En rendra sensible l'image
Qui dans toi fut avant les temps.

A ta voix l'espace est visible,
Sans borne paraît l'univers,
La matière encore insensible
Flotte partout en corps divers.

Mais ta parole au loin se fait entendre,
Ils obéissent aussitôt;
Ils se rapprochent et bientôt
Vers des centres fixés ils volent pour se rendre :   .
Et là par ton vouloir, sans appui, sans soutiens,
Tout autant qu'il te plaît, Seigneur, tu les maintiens.

Des globes par milliers, à l'effrayante masse,
  Sans mouvement au milieu de l'espace :
       Restent encor ;
    Tu dis, et prenant leur essor,
       Tels qu'une boule
     Qui sur son axe roule
  Autour d'un centre en poursuivant leur cours,
  D'un cercle immense ils rasent le contour.

La terre, au milieu d'eux, par sa masse imposante,
Dans le repos seule paraît constante,
Autour de notre corps, ainsi qu'un vêtement,
L'abîme tout autour la ceint complètement.

    Les eaux surmontent de la terre
    Les sommets les plus sourcilleux ;
    A ta voix, en vapeur légère,
    Une part flotte dans les cieux ;
    Ici formant une masse obscure
    Qui se balance dans les airs,
    Porte l'effroi dans la nature
    Par le tonnerre et les éclairs.

La terre a commencé cependant à paraître,
Les eaux, obéissant à la voix de leur maître,

S'écoulent de partout, de la cime des monts ,
Sur les flancs des coteaux , dans le creux des vallons ,
Et se laissant aller à leur pente rapide,
Vont former les courants dont la masse liquide
Sans cesse s'écoulant au sein des vastes mers,
Si ce n'est en vapeurs flottantes dans les airs,
N'en ressortira plus pour franchir la barrière
Que ta main lui désigne aux confins de la terre.

Sur leurs bords haletant de soif ,
L'animal vient la satisfaire ,
Perché sur son roc solitaire ;
L'oiseau fait retentir sa voix ;

Les eaux s'écoulent des nuages ,
La terre leur ouvre son sein ;
Les fruits , l'un de tes doux ouvrages,
Par l'arbre sont produits soudain ;
Le sol couvert de l'herbe , sa parure,
A l'animal présente sa pâture ,
Ou des humains pour fournir aux besoins,
Quand , toutefois, ils lui donnent ses soins,
Partout leur offre , et presque en chaque plante,
Des mets divers , nourriture abondante.

Mais par le don de la plante du pain,
De celle encor qui lui donne du vin,
Par le présent d'une huile précieuse,
Ta main, surtout, se montre généreuse,
Avec le pain il sustente son corps,
Le vin du cœur excite les ressorts,
Et par son huile à ses mets qu'il peut joindre,
Il en relève à son gré la saveur,
Ou dans son corps qu'à son choix il peut oindre,
Il entretient une douce chaleur.

Aux humains seuls, Seigneur, ta providence
Ne borne pas ses soins, sa prévoyance,
Ainsi que tu départs, avec un soin égal,
La nourriture à l'homme, à l'animal,
Ta main nourrit l'herbe de nos campagnes,
Comme le cèdre épars sur les montagnes ;
Sous son feuillage, entre ses verts rameaux,
L'oiseau du ciel, en cherchant un asile,
Vient de la nuit y goûter le repos,
Ou de son nid, en architecte habile,
Il y bâtit avec dextérité
Le fondement sous la feuille abrité
Et je pourrais, et j'oserais conclure
Que ce labeur construit avec tant d'art
N'est, après tout, que l'effet du hasard :

Que le hasard fait tout dans la nature ;
Quoi ! cette forme aux contours gracieux,
La mousse au fond et le duvet moelleux,
D'un faible oiseau diraient la prévoyance,
Et l'univers serait sans Providence !

Ainsi, partout, l'univers à nos yeux,
La mer, la terre et la voûte des cieux,
Vont proclamant, chacun dans leur langage,
Qu'un grand ouvrier a fait un grand ouvrage,
Qu'il le conserve et qui veille sur lui,
Au temps passé comme il fait aujourd'hui.

Parmi ces nids, preuve de leur tendresse,
Où tant d'oiseaux font briller leur adresse,
Sur les clochers, au toit de ces maisons,
Quel est celui qui tel que des maçons,
A pu bâtir sur une terre stable
Un nid si grand en tout si remarquable ?
C'est la cigogne habitante des airs.
Mais pourvoyant à leur besoins divers,
Suivant leurs goûts et d'après leur nature,
Sa main dipose une retraite sûre,
Aux cerfs craintifs, sur les monts, dans les bois,
A l'hérisson qui doit vivre par choix,

Au fond des rocs et loin de la lumière,
Sa main creusa d'avance une tanière,
  D'où quand la nuit
  A remplacé le jour,
  Il sort sans bruit
  Et va chercher autour
Ses aliments dans ces divers herbages,
Ou dans les fruits de ces arbres sauvages,
Que dans les bois, sur la cime des monts
Et dans nos champs comme au fond des vallons,
Ta main obéissant à ta haute prudence,
Dissémina partout avec tant d'abondance.

La lune et le soleil se lèvent tour-à-tour,
La première à sa voix éclaircit les ténèbres,
Elle passe ; la nuit et ses ombres funèbres
Ont fui vers l'occident pour éviter le jour.
Il va poindre , il paraît, il franchit la barrière ,
Le voilà ! le soleil éclatant de lumière ;
Il s'élève , il poursuit sa route dans les cieux ,
Lançant de toutes parts ses rayons radieux ,
Jusqu'au terme qu'il fait, que ton pouvoir suprême,
Pour l'heure du coucher détermine à lui-même.
 Vers l'Orient a reparu la nuit ;

Elle s'avance, étend ses voiles sombres,
Couvre bientôt la terre de ses ombres;
Tout se tait dans les champs, à peine un léger bruit
D'un insecte volant frappe encor notre oreille.
Le repos est complet, la nature sommeille!

Quel sombre cri sort tout-à-coup des bois?
A ce signal répondent d'autres voix :
Ecoutons, écoutons, c'est l'animal sauvage;
Ce sont les loups, avides de carnage,
Qui par leurs cris, qu'on répète au lointain
Vont s'invitant à leur cruel festin.
Ils sont sortis de leur sombre retraite;
Et de leurs proies ils se sont mis en quête.
La terre est leur demeure aux heures de la nuit;
L'aube va poindre et l'aurore la suit.
A l'horizon le ciel paraît en flamme;
La peur alors s'empare de leur âme.
Les uns prennent la fuite à travers les vallons:
D'autres, pour se hâter, vont traverser les monts,
Et tous du jour redoutent la lumière,
Ou fuient dans les bois ou gagnent leur tanière.

L'homme déjà fait entendre sa voix;
Un bruit confus s'élève sous ses toits;

Il sort et se disperse au loin dans la campagne,
Suivi de ses enfants, parfois de sa compagne,
Jusqu'à ce que la nuit avec son voile noir,
    Reparaissant lui ramène le soir.

Seigneur, Seigneur, ah! que ton œuvre est belle !
    Ah! qu'il est grand l'ouvrage de tes mains :
    Comme il s'adapte en tout à tes desseins,
Et dévoile à nos yeux ta sagesse éternelle;
    Partout la terre est pleine de tes dons ,
    Et cette mer dont en vain notre vue
    Voudrait au loin mesurer l'étendue ;
    D'êtres divers, d'innombrables poissons,
    Grands et petits , n'est−elle point remplie ?
A tel point ici−bas tu prodigues la vie,
Sur la terre, en ton sein, jusqu'au plus haut des airs ,
Comme sur la surface et dans le fond des mers ;
    Sur cette mer et ses eaux si profondes
Un navire a passé , rasant au loin les ondes,
    Tandis qu'au fond, dans ce même moment,
Cédant à son instinct se promène en jouant
Ce grand léviathan que ton pouvoir sublime
    Y déposa pour en peupler l'abîme.

L'heure est venue, et déjà l'animal
Attend de son repas l'agréable signal,

Il est donné ; de ta main bienfaisante
Tu satisfais aussitôt leur attente ;
Repus, contents, ils comptent sur tes soins.
Tardes-tu de pourvoir à leur pressant besoin ,
De la faim permets-tu qu'ils souffrent les atteintes,
Tous aussitôt ils élèvent leur plaintes.

Mais ta main se refuse à fournir à leurs vœux,
Ton œil vivifiant sa détourne loin d'eux.
Le moment est venu , ta sagesse profonde
Va promener l'arrêt de la fin de ce monde ;
Au choc des éléments tu livres l'univers ;
La lutte s'établit entre leurs coups divers.
Elle vient de finir et la nature entière
A ta voix, pour toujours, rentre dans la poussière.

Et qu'ai-je dit ? non, non, ce n'est pas pour toujours
De la création que tu suspends le cours ;
Principe de la vie , ô Créateur suprême ,
Pourrais-tu la garder pour toujours en toi-même ?

Un jour viendra, Seigneur, où de nouveau ,
D'un nouvel univers déroulant le tableau ,
Ou le lançant au milieu de l'espace ,
Ta main le peuplera d'une nouvelle race

Plus sage que la nôtre et mieux selon ton cœur,
Et par suite en tout temps exempte de malheur.

Puisses−tu, Dieu puissant, par tes propres ouvrages,
Voir célébrer ton nom dans les âges des âges;
Puisses−tu, satisfait du but de tes desseins,
Te complaire à jamais dans l'œuvre de tes mains.

Seigneur, Seigneur, que ta puissance est grande;
Il n'est rien, en tout lieu, qui de toi ne dépende :
Tu regardes la terre et ton puissant regard
   La fait soudain trembler de toute part.
Ta main seulement touche au sommet des montagnes,
La flamme et la fumée en sortent par élans
Et parcourant les airs en tourbillons roulants,
   Portent l'effroi partout dans les campagnes.

   Seigneur, Seigneur, tant que mes yeux,
   Par leur regard pourront fixer les cieux,
   Tant que mon cœur au−dedans de moi-même
   Palpitera... Seigneur, Seigneur suprême,
   Ma voix sans cesse, en élevant son chant,
   Célèbrera ton pouvoir tout-puissant.

   A mon cantique, ô Dieu ! sois favorable,
Que le son de ma voix puisse t'être agréable ;

Et pour toujours je mettrais mon bonheur,
Ma joie et mes plaisirs dans toi seul, ô Seigneur !
Des pécheurs, des méchants, diriges les pensées,
De ta grâce, ô mon Dieu ! prêtes-leur le secours,
 Et qu'ici-bas leurs traces pour toujours
 Par ton vouloir, Seigneur, soient effacées.

Ma voix vient d'obéir à l'élan de mon cœur,
Et je dis à jamais : Béni soit le Seigneur.

TRADUCTION

du Paraphrase 11 du livre de la Sagesse.

Dixerunt enim cogitantes aque si non recti.

LE bien, le mal, que sont-ils à vos yeux ?
Je ne pourrais en être soucieux,
Dit le méchant imbu de la maxime
Que tout est bien, voire même le crime ;
Que s'abstenir, crainte du châtiment,
Est, selon lui, s'alarmer sottement.
Et le voilà pour compléter l'exorde,
Qu'en ces propos, aussitôt il déborde.
Qu'est—ce la vie ? un point du temps qui fuit !
Qu'est—ce que l'homme ? un insecte qui bruit.
Doit—il revivre autre part qu'en ce monde ?
Vous qui croyez que l'un de vous réponde
Sans hésiter. Est—il quelque mortel
Qui, reprenant son être corporel,
Après sa mort, soit venu pour vous dire
S'il est heureux dans le céleste empire,

Ou si , plongé dans le fond des enfers ,
Il vit en proie à ses chagrins amers.
Vous vous taisez ; vous ne sauriez répondre ,
Mon franc parler suffit pour vous confondre.
Nous devons tous la naissance au hasard.
Sommes-nous morts ou plus tôt ou plus tard ,
Tout meurt en nous notre corps et notre âme ,
Comme du feu s'évanouit la flamme ;
Comme le vent se dissipe dans l'air ,
Comme paraît et disparaît l'éclair ,
Comme en courant au loin dans l'étendue ,
A nos yeux même a disparu la nue.
Ainsi l'esprit qui nous faisait mouvoir ,
A tout-à-coup cessé de concevoir ,
Et vous , si vains de votre renommée ,
Qui halétiez après cette fumée ,
Que pensez-vous que garde l'avenir ?
De votre nom , pas même un souvenir.
Si donc la vie est une ombre qui passe ,
Et si revivre est un espoir fallace ;
Si , désormais , tel est l'arrêt du sort
Que , nous mourant , avec nous tout est mort.
Ne suis-je pas à même de conclure
Que nous devons nous livrer sans mesure
A tout plaisir qui captive les sens ,
A tout plaisir qu'offrent les biens présents ,

Avant que l'âge enfin nous engourdisse ;
Et qu'à nos yeux notre étoile pâlisse.
Vous résistez et votre esprit craintif
A m'imiter se montre encor rétif.
Vains présagers que ceux de la sagesse,
Bons, tout au plus, au temps de la vieillesse.
Livrez-vous donc sans réserve aux plaisirs,
Faut-il en vous provoquer les désirs.
Du meilleur vin qu'on vous verse sans cesse,
Provoquons tous notre commune ivresse.
Parfumons-nous d'une huile de senteur,
Qui puisse en nous corroborer le cœur.
Que notre front au-dessus des paupières
Soit couronné de roses printanières :
Et dans l'élan qu'enfantent ces apprêts,
Allons au bois fouler l'herbe des prés ;
Et nous livrer, ainsi que des bacchantes,
De la débauche aux fureurs délirantes.
Que nul de nous se cachant au regard,
Ne pense point ne pas y prendre part.
C'est notre sort, c'est le sort de la vie,
Laissons-nous donc, au gré de notre envie,
Par le torrent au loin nous entraîner.
De l'avenir sans nous importuner,
A mes désirs le juste est-il contraire,
A mes efforts pense-t-il se soustraire,

Ne craignons pas d'en être l'oppresseur,
Et du vieillard d'aggraver le malheur.
N'épargnons pas l'orphelin et la veuve,
Que de pitié nul de nous ne s'émeuve ;
Que, désormais, le faible ait toujours tort,
Que notre droit soit la loi du plus fort.
Faisons tomber le juste dans le piége ;
Censeur austère, il me trouble, il m'assiége,
En me taxant de pécheur, de pervers,
Va publiant mes fautes, mes travers.
Son seul aspect me trouble et m'importune.
Deviant seul de la route commune,
Il va partout, s'élevant contre nous,
Qualifiant de niais et de fous
Ceux qui bien loin de s'imposer sa tâche,
A leurs plaisirs se livrent sans relâche,
Faut-il bien croire, s'il est le Fils de Dieu,
Bien plus s'il faut se rendre à son aveu,
Il est son Verbe et participe même
A sa grandeur, à son savoir suprême.
Fut-il jamais pareille assertion ;
C'est tout-à-fait se faire illusion ;
Mais si quelqu'un, croyant à sa doctrine,
Soutient qu'elle est de céleste origine,
Que l'attaquer c'est attaquer ses Dieux,
Qu'il se détrompe en voyant de ses yeux

L'impunité de quiconque l'outrage
Et contre lui déploie toute sa rage.
Allons à lui, venez donc, mes amis,
Est—il quelqu'un plus digne de mépris ;
Lions son corps à l'infâme colonne ;
Et de nos fouets déchirons sa personne ;
Que pour couronne un buisson épineux
Presse sa tête, entoure ses cheveux.
Vous vous lassez, et vous croyez en somme
Avoir assez éprouvé le bonhomme.
Je le veux bien, mais il faut en finir,
Sans que, pourtant, il cesse de souffrir.
Qu'il soit cloué sur ce gibet infâme.
Le voilà donc, il vient de rendre l'âme.
Eh bien ! son Dieu, son Père, son Sauveur,
Est—il venu se faire son vengeur?
Qu'en dites-vous? Pour moi, ce que j'en pense,
C'est qu'il n'est pas de plus grande assurance
Que, par hasard, s'il existait des Dieux,
De l'innocent ils sont peu soucieux,
Et c'est ainsi, confirmant sa malice,
Jusqu'à nier l'éternelle justice,
Que le méchant, par son raisonnement,
Se confirmait dans son égarement.

—

A ses pensers d'angoisse et de tristesse,
Reprend ainsi l'Auteur de la Sagesse :
Dieu seul existe ; il précéda le temps ;
Il est sans fin et sans commencement.
Tout vient de lui : l'esprit et la matière.
Si celle-ci, redevenant poussière,
Doit à la fin pourtant s'anéantir,
Jamais l'esprit ne saurait dépérir.
Il est de Dieu le plus sublime ouvrage.
Dieu le créa pour être son image ;
Pour exister devant lui comme tel,
Comme lui-même à jamais immortel.
C'est son destin, il est inébranlable ;
De l'âme aussi le corps inséparable
Eût partagé cette insigne faveur,
Si le démon, jaloux de ce bonheur,
En poussant Eve à commettre le crime,
N'eût entraîné son époux dans l'abîme.
L'arrêt céleste avait été porté.
Il fallait donc qu'il fût exécuté.
Et c'est ainsi que la mort sur la terre,
Par le péché de notre premier père,
Doit prévaloir jusqu'à cet heureux jour,
Où Dieu pour nous épuisant son amour,
Nous ouvrira les sources de la vie
Pour y puiser au gré de notre envie.

Mais si tel est ici—bas notre sort,
Que notre corps soit dissous par la mort,
Faut—il, de là, qu'au sortir de ce monde,
L'âme du sage, en vertus si féconde,
Ni plus ni moins que celle du méchant,
Qui se livra toujours à son penchant,
Se dissoudra comme au feu la ramée,
Ou par les airs de flocons de fumée,
Tel ne saurait être leur commun sort,
Qu'ils aient payé leur tribut à la mort,
Dès ce moment, pour expier son crime,
L'homme pervers roule au loin dans l'abîme,
Tandis que l'être au cœur limpide et pur,
Depuis longtemps pour le Ciel un fruit mûr,
Tel que l'éclair qui sillonne la nue,
Dans un clin—d'œil il rase l'étendue,
Et tout—à—coup est admis dans le lieu
Où le bonheur est de connaître Dieu.
Où le bonheur est de le voir en face,
De se nourrir aux sources de sa grâce,
Et d'échanger des biens si précieux,
Par un cœur pur que l'on offre à ses yeux.
Quand vers sa fin tendait sa dernière heure,
Quand il quitta sa terrestre demeure,
Si les tourments parurent l'affaiblir,
Si son esprit put lui—même faiblir,

Si sa pensée inquiète et chagrine
Put redouter, un instant, sa ruine,
S'il crut avoir besoin du bras d'autrui,
S'il réclama le matériel appui,
Bientôt à Dieu palliant sa pensée,
D'une voix basse à peine prononcée,
Se confiant à sa compassion,
Le cœur contrit plein de soumission,
Il invoqua son appui tutélaire,
En répétant jusqu'à trois fois : mon Père !
Et sur ce mot, par sa voix trois fois dit,
En pleine paix il lui rendit l'esprit.

PARAPHRASE

du Chapitre 3 du livre de la Sagesse.

Dans la Bible.

Quoiqu'il doive ici—bas souffrir,
Le juste ne saurait mourir,
Dût un ennemi plein d'envie
Se précipiter sur sa vie.

Placé sous la garde de Dieu,
La mort ne peut, en ce haut lieu,
Aspirer à jamais l'atteindre..
Abstenons-nous donc de le plaindre.

Plus heureux qu'il ne fut jamais
Au sein de Dieu toujours en paix.
Il vit de sa douce lumière
Qui le nourrit et qui l'éclaire.

Ce qu'on ne peut trop admirer,
Il n'a plus rien à désirer.
Sans que jamais il puisse naître
Le dégoût au fond de son être.

18.

Ici—bas s'il fut éprouvé,
Ainsi que l'or dans le fournaise,
Il n'en est que plus élevé
Et satisfait de joie et d'aise.

Admis au ciel, dans le saint lieu ,
A vivre sous les yeux de Dieu ,
Voyez son âme qui scintille ,
A tous les yeux comme elle brille.
Moins éclatant est le flambeau
Qui brille au faîte d'un roseau.

C'est lui que Dieu , dans sa justice,
Choisira pour punir le vice
Et récompenser la vertu.
Sous lui le méchant abattu,
Cédant à sa raison confuse,
Devra le tenir pour son juge ,
Et malgré son intime orgueil ,
De l'homme si souvent l'écueil ,
Le vénérer, le reconnaître
Pour son arbitre et pour son Maître.

Et dussions-nous voir de nos yeux
Souffrir le juste en ces bas lieux,

Le voir traîner son existence
Dans le malheur et la souffrance ;
Et même, au dernier de ses jours,
Mourir sans gîte et sans secours,
Sans que son œil un instant voie
Un œil qui sur lui s'appitoie,
Nous ne saurions penser et croire
Que là finisse son histoire.

Tout au contraire c'est, dès-lors,
Que débarrassé de son corps,
Il se trouvera dans la voie,
Chemin de l'éternelle joie,
Où marcher c'est atteindre au but,
Où se consomme son salut :
On lui rendra sa récompense
Proportionnée à sa souffrance.

Que le sceptique ou l'insensé,
Par un raisonnement forcé,
Jugeant fausse notre croyance,
S'en tienne à son indifférence,
Où tente, au moins, de s'y tenir.

Pour nous que Dieu daigna bénir
Et diriger dans une route

Opposée à celle du doute,
Irrationnel, indéfini,
Où l'esprit flotte à l'infini;
Nous nous plaçons sur cette base
Qu'il est un Dieu propice au sage;
Après sa mort son Protecteur,
Son Juge rémunérateur,
Tandis qu'à l'égard de l'impie,
Au moment que finit sa vie,
Il lui prononce son arrêt
Dont s'ensuit aussitôt l'effet,
Effet terrible et lamentable,
D'autant plus triste et déplorable,
Qu'il est à jamais et sans fin.
A jamais... Hélas! quel destin!

Et peut-on autrement l'entendre :
Si le méchant pouvait s'attendre
A voir finir avec le temps
Et son arrêt et ses tourments,
Le temps deviendrait son refuge,
Dieu cesserait d'être son juge,
A plus de crainte il n'aurait lieu
Et Dieu cesserait d'être Dieu.

Du cri de la conscience
Mieux prévaudrait la puissance
Que celle de son Créateur,
Qui l'implanta dans notre cœur.

Tenons donc pour très véritable
Que le méchant est périssable,
A tout jamais et pour toujours,
A moins qu'en ses extrêmes jours ;
Lui—même à Dieu ne satisfasse,
A genoux, en demandant grâce,
Ou par la satisfaction
Qu'exigeait sa punition.

Il est bien insensé, cet homme,
Qui dit que la mort tout consomme ;
Que lui mort, meurt tout son venin,
Propos de fou, de libertin.
Voyez aussi, dans sa famille,
Comme son fils, comme sa fille,
Pensent l'imiter à l'envi,
Jusqu'à se sentir assouvis,
En sa folie, en sa débauche,
Et tournant, comme on dit, à gauche.

Si sa femme tient bon, d'abord,
Il en a presque du remord.
Il fait donc tant et tant il brouille,
Tout comme lui elle se souille.

Qui dirait de tous ces pervers
Les propos, les crimes divers,
Déroulerait la longue chaîne
Des crimes de la race humaine :
Homicide, adultère et vol,
Mensonge, tromperie et dol !

Et de ce tout la conséquence
Aboutirait à la clémence !
Dieu peut-il n'être que clément ?
Il l'est sans doute assurément ;
Mais sans qu'il cesse d'être juste.
Par lui tout s'arrange et s'ajuste.

Comme il est en tout infini,
Et que tout homme est défini,
Est-il bien extraordinaire
Que ce dernier de ce mystère
Emploie, en vain, peines et soins,
A pénétrer tous les recoins.

Concevez-vous cette jactance
D'imposer son intelligence
Au pouvoir d'un Dieu tout-puissant,
Seul par lui-même existant ;
Car ne paraît-il pas risible
De donner pour bon ou possible
Le savoir dont l'esprit humain
Pénètre l'essence et la fin.
Pascal l'a dit, et c'est notoire
Pour en faire un fait péremptoire:
Qu'il est bien court d'instruction
Celui qui tient l'opinion
Contraire à celle qu'il avance,
Qu'en Dieu le savoir est immense.

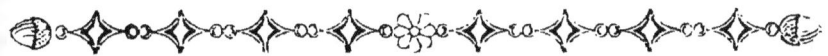

RÉFLEXIONS PIEUSES.

VERBE de Dieu , son Fils , son Consubstantiel ,
Lui de rien seul fit tout et la terre et le ciel ,
Qui dans le temps fixé venu du ciel en terre ,
T'incarnas dans le sein d'une Vierge, ta mère,
Pour en naître à la fois comme homme et comme Dieu,
   Périr comme tel en ce bas lieu ;
Révéler aux mortels plongés dans l'ignorance,
  Dans le désordre , enfant de la licence ;
Envers son Père et toi , les bases de la Foi ,
Tous les articles saints de sa divine loi ;
Ce qu'il faut éviter comme ce qu'il faut faire ,
Pour concevoir l'espoir heureux de lui complaire ;
Qui ne te bornant pas à ces soins , à ces vœux,
Pour eux dans ton amour largement généreux ,
Daigna déterminer, dans ta haute sagesse,
Par quel signe sensible , œuvre de ta tendresse,
Nous pourrions espérer ici-bas , concevoir
Que ton Père sera propice à notre espoir ;
Qu'ayant communiqué dans son festin intime
Avec son Fils , son Verbe , ineffable victime.

Il nous sera donné dans l'ordre immatériel,
Auprès de toi, Jésus, d'être admis dans le Ciel.

De notre esprit déchu tu connais la faiblesse,
Et combien dans le mal il décline sans cesse,
Accours donc à son aide et devant disserter
Sur de certains sujets épineux à traiter,
Dirige-le, Seigneur, par la meilleure route ;
Prends garde qu'il s'engage dans l'ornière du doute.
Et surtout que par toi s'applanisse à ses yeux
Le chemin le plus sûr qui mène droit aux cieux.

Mais quelque soient tes soins et ta sollicitude,
Pour nous rendre aspirants à ta béatitude,
Jusques, pour nous sauver, intervertir tes lois ;
Jusqu'à mourir pour nous, victime sur la croix.
Devons-nous, tellement bercés par l'espérance,
D'un salut octroyé compter sur l'assurance,
Qu'il ne faille de nous nul effort soutenu
Pour mériter de toi qu'il ne soit obtenu.

Sans doute tu peux tout auprès de Dieu, ton Père,
Appaiser envers nous sa trop juste colère,
Nous montrer le chemin où nous devons marcher
Pour mériter sa grâce, éviter de pécher ;

Le tout gratuitement, nonobstant résistance,
Aux inspirations de ta douce clémence,

Ce qui fut vu parfois, même non rarement,
Mais n'est point le chemin qu'il suit communément.
Et n'est-ce pas le moins qu'assailli par l'orage,
Sur le point d'échouer et de faire naufrage,
Nous adressions à Dieu nos vœux, notre recours,
Et réclamions de lui qu'il nous donne secours.

Il nous faut donc prier, prier avec instance
Et ne pas s'arrêter à la simple créance;
Car penser que l'on veut s'en tenir à la Foi,
Sans s'attacher à suivre, à pratiquer la loi,
Ce serait s'abuser et d'une étrange sorte.
La Foi sans bien agir, n'étant qu'une foi morte.
Croire et prier, d'abord, après s'humilier,
Tenir ses sens en bride et se mortifier.

Tel est, en résumé, ce qu'un chrétien doit faire.
Mais sans qu'il soit certain, tant qu'il est sur la terre,
Que Dieu lui fera grâce et lui pardonnera,
Et dans son Paradis, à sa mort, l'admettra.

Triste position, terrible incertitude!
Mais sur ce, quelque soit notre sollicitude.

Il est plus d'un motif propre à nous rassurer
Dans la bonté de Dieu à nous faire espérer.
Ecoutez, écoutons, c'est Jésus-Christ lui-même,
Qui parle à ses amis, aux Apôtres qu'il aime,
Et leur dit : demandez et l'on vous donnera ;
Frappez avec instance et l'on vous ouvrira.
Oh ! si des rois mortels telle était l'assurance,
Quelle ne serait pas, auprès d'eux, l'affluence
De maints solliciteurs, de postulants nombreux,
Pour des biens, après tout, périssables comme eux,
Et nous quand nous pouvons obtenir de Dieu même
Qu'il ouvre les trésors de sa grâce suprême
Pour nous communiquer ses biens les plus parfaits,
Serions-nous assez fous pour nier ses bienfaits.

Comment rendre raison de cette inconséquence,
Si ce n'est par le fait de notre déchéance,
Voir le bien, lui donner tout son assentiment ;
Et quand il faut agir, agir hostilement,
Est-il plus fort indice et preuve plus réelle
De l'état dégradé de la race mortelle.

Or, dans tout ce combat de matière et d'esprit,
Qui pourrait rétablir l'harmonie, hors le Christ,
Lui qui de rien fit tout, et le ciel et la terre,
Ce qui gît hors l'espace et tout ce qu'il enserre.

Il le peut, il le veut : n'est-il pas tout-puissant.
Juste, il est vrai, dans tout, quoique compatissant.

Mais comment pourrait-il être au pécheur propice,
Et sur ce malheureux exercer sa justice
Sans être avec lui-même en contradiction.
Oui, tel serait l'effet de cette assertion,
Si dans le sens réel et non pas en figure,
Il n'était homme et Dieu par sa double nature.
Homme tout comme nous, pour venir comme tel
Nous révéler les lois de son Père éternel,
Et Dieu, pour nous prouver par les plus grands miracles
Que son pouvoir divin ne connaît point d'obstacles ;
Homme pour nous aimer, vivre au milieu de nous,
Au culte du vrai Dieu pour nous rallier tous ;
Dieu pour nous subjuguer par son omnipotence,
Et par la Foi, dans elle, établir sa créance.

C'est ainsi que sa grâce, en toute liberté,
Agit quand il lui plait sur notre volonté,
Sans atteinte portée à notre libre arbitre,
Ce garant du salut pour nous a plus d'un titre.
Donc, sans nous soucier de creuser notre esprit,
Pour pénétrer l'accord de la grâce du Christ,
Et du vouloir actif inhérent à chaque homme,
Ne nous suffit-il pas de connaître qu'en somme

Leur accord est parfait, qu'ils ne se heurtent point ;
Et que des deux côtés l'effet arrive à point.

Laissons-nous donc aller au courant de la grâce ;
Elle en sera sur nous d'autant plus efficace,
Et bientôt sur ses pas, la foi, la charité,
Que bientôt l'espérance après la vérité
Prédominant en vous, subjugueront votre âme,
En l'embrasant du feu de leur divine flamme.

Par là nous prierons en toute vérité,
Le cœur brûlant de zèle, ardent de charité.
Nous ne saurions faillir, et marchant en arrière,
Renier notre Dieu, son Christ et sa lumière.

Mais qu'entendons-nous dire à de certaines gens ?
N'a pas la foi qui veut. D'accord, mais en ce sens,
Qu'à moins qu'on la demande avec persévérance,
Dieu rarement l'accorde à la seule espérance.
Et faut-il s'étonner qu'un esprit orgueilleux,
Des dons de Dieu lui-même, hautement dédaigneu
Qui va jusqu'à penser que s'il lui plaît de croire
Son vouloir leur tient lieu de tout invocatoire.
Après avoir tenu par des chemins ardus,
Ne s'égare à la fin en des pays perdus,

Ne sachant ce qu'il veut, où son désir est d'être.
Esprit fort contre Dieu, mais prompt à se soumettre.
A toute billevesée éclose en cerveau creux,
Qui penche à l'athéisme et pousse au scandaleux,
Manie assez commune dans les temps où nous sommes,
Plus rare chez les femmes, active chez les hommes.

Pour nous, Dieu nous aidant de son divin esprit,
De sa grâce enfantée en nous par Jésus-Christ,
Nous ne saurions penser qu'il ait pu créer l'homme
Pour le placer en terre et le livrer en somme
De ses pensers divers à l'aberration.
Sans régler et fixer leur corrélation;
Car ce que nous voyons, chétive créature,
A travers les brouillards d'une raison obscure,
Aux yeux du Créateur de la terre et du ciel,
Seul de la vérité principe essentiel,
Aurait dû demeurer à jamais invisible,
Et par le hasard seul devenu seul possible.
Système décevant, fécond d'absurdité,
Ennemi déclaré de toute autorité;
Edifice avorté bâti sur maint sophisme,
Au nom vide de sens : le rationalisme.
Mais ne s'est-il pas vu maint esprit sérieux,
S'abusant sur le sens de ce mot captieux,

Croire du mot raison que c'est le synonime,
Parce qu'il lui paraît presque son homonyme,
Que dit ce mot nouveau, fureur de raisonner,
De raisonner sans cesse et rien déterminer.
Tantôt pour, tantôt contre, et comme il tend à croire
N'avoir pas vu le fond de son fatras grimoire,
Le rationaliste épilogue sans fin
En ses pensers divers, toujours vague, incertain.

Qu'il est loin d'être tel le chrétien catholique,
Qni, dans sa haute foi, suit sa loi, se l'applique,
Sans nul autre motif que Dieu s'est révélé;
Que par son Christ, son Verbe, à l'homme il a parlé.
S'il n'en fut pas témoin par lui-même en personne,
Il en croit d'autant plus l'Eglise qui l'ordonne,
En sa sainte créance, en ses martyrs nombreux,
En tant de confesseurs martyrisés comme eux,
Qui tous ont témoigné, même au sein des supplices,
En proie à la torture, aux plus cruels sévices,
Qu'ils tenaient Jésus-Christ de Dieu pour le vrai Fils,
Pour son Verbe fait chair à la terre promis.
Heureuse assertion, sublime témoignage,
Qui se perpétuant à jamais d'âge en âge,
Est la pierre angulaire où quoiqu'il puisse oser,
L'impie et son audace adviennent se briser.

Ainsi par ces pensers, subjuguée et soumise,
Son âme croit à tout ce qu'enseigne l'Eglise,
Sans chercher à fouiller dans sa corruption,
Jusqu'où vont les secrets de la rédemption.
En effet, à quoi bon une telle science?
A se gonfler d'orgueil et croire à sa jactance,
Que si Dieu put ou dut me créer animal,
Je puis, par ma raison, devenir son égal.
Mais de cette pensée attribuée à moi-même,
Et de ses résultats poussée jusqu'à l'extrême,
Faut-il, me dira-t-on, que l'imputation
S'applique en général et sans restriction.
Tant s'en faut, quelque soit l'effort de la science,
Que l'esprit du public prenne une autre tendance;
Tant s'en faut que partout l'élan religieux
Par des signes divers se manifeste aux yeux.

Pourquoi dans cette Eglise, autour de cette chaire,
Se presse-t-ou ainsi? Pour ouïr Lacordaire,
Le sage Ravignan ou tel autre orateur,
Sans valoir autant qu'eux, éloquent par le cœur;
C'étaient des jeunes gens préoccupés d'eux-mêmes,
Peu portés à céder au pouvoir d'un dilemme.
Qui se raillaient entre eux de la prétention
Qu'on voulût travailler à leur conversion.

Ne cherchant point d'abord à choisir une place,
De l'église en tous sens ils parcouraient l'espace,
Lorsque de l'orateur, à certains mouvements,
Ils se sont sentis près des mêmes sentiments,
Ils se sont rapprochés afin de mieux entendre ;
Puis voilà qu'à sa voix ils se sont laissés prendre ;
Qu'ils ont tous écouté, non sans attention,
Et qu'ils se sont donnés la satisfaction
De revenir encore à chaque fois diverse,
Que l'orateur sacré pousse à la controverse
Et leur démontre à plein que dans l'œuvre de Dieu
Le début et la fin répondent au milieu.

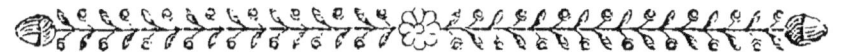

DU GLORIA IN EXCELSIS.

GLOIRE éternelle en tout temps, en tous lieux.
Oui, gloire à Dieu jusqu'au plus haut des cieux,
Et paix partout à l'homme sur la terre,
Qui dans un bon vouloir tient ferme et persévère.

Du fond de notre cœur,

Nous vous louons, Seigneur,

De tout l'élan de la reconnaissance;

Nous célébrons votre munificence;

Nous chantons; exaltons à jamais,

Et votre gloire et vos bienfaits.

O vous, Dieu tout-puissant, le Seigneur de la terre
Et dans l'ordre de Dieu le Principe et le Père;
Et vous son Fils unique incréé comme lui,
Du pécheur repentant l'espérance et l'appui,
Qui de son Père à droite et face contre face,
Reçoit, donne et répand les trésors de sa grâce,
Agneau qui de ce monde efface le péché,
Envers nous de pitié soyez, soyez touché.

Ne vous devons-nous pas ce simple témoignage
De la perfection qui règne en votre ouvrage ;
Vous êtes le seul saint, le souverain Seigneur
De la terre et du ciel, de tout le seul auteur.
N'êtes-vous pas, Jésus, le Fils de Dieu, le Christ,
Qu'un nœud indissoluble unit au Saint-Esprit.

CANTIQUE

SUR LES QUATORZE STATIONS DE LA PASSION

de **Notre-Seigneur Jésus-Christ**.

PREMIÈRE STATION.

Jésus est traduit chez Pilate :
Dieu ! quelle horreur ! le juste est condamné ;
Et par le bourreau qui se hâte
A la mort *(bis)* est de suite trainé.

DEUXIÈME STATION.

Le voilà donc mis en présence
De cette croix, son trône désormais ;
De cette croix, notre espérance,
Dont à peine *(bis)* il soulève le faix.

TROISIÈME STATION.

Jésus, sous le poids qui l'oppresse,
A pu marcher, mais d'un pas incertain,
Et bientôt, telle est sa faiblesse,
Qu'il s'incline *(bis)* et tombe en son chemin.

QUATRIÈME STATION.

Il marche encor vers le Calvaire,
Portant sa croix l'angoisse dans le cœur,
Lorsqu'à l'instant qu'il voit sa mère
Son aspect *(bis)* redouble sa douleur.

CINQUIÈME STATION.

N'en pouvant plus, Jésus s'arrête.
Lors un passant, Simon Cirénéen,
Sous la croix vient courber sa tête
Pour l'aider *(bis)* à remplir son destin.

SIXIÈME STATION.

Mais qu'aperçoit-là, Véronique,
En essuyant son visage sanglant,
C'est son empreinte qui s'applique
Sur son voile *(bis)* en ce même moment.

SEPTIÈME STATION.

Jésus vient de tomber encore.
Est-ce faiblesse ou bien épuisement?
Non, c'est le péché qu'il abhorre
Qui produit (*bis*) seul son affaissement.

HUITIÈME STATION.

Que dit Jésus aux jeunes filles?
Ne pleurez point, ô filles de Sion ,
Pleurez plutôt sur vos familles ,
Sur le sort (*bis*) de votre nation.

NEUVIÈME STATION.

Du Calvaire enfin sur la cime,
Il tombe encore une troisième fois,
Nouvelle insulte à la victime
Qui pour nous (*bis*) va mourir sur la croix.

DIXIÈME STATION.

On le maltraite , on le dépouille
De ses habits par de brusques efforts ;
De saletés on le couvre, on le souille,
Et son sang (*bis*) ruisselle de son corps

ONZIÈME STATION.

Cruels bourreaux, qu'allez–vous faire ?
Ils ont osé crucifier Jésus ,
      Puis l'ont hissé sur le Calvaire ;
   Sur la croix (*bis*) les deux bras tendus.

DOUZIÈME STATION.

Il se sent mourir et s'écrie :
A haute voix, que tout est consommé ,
      A ses pieds tandis que Marie
   Voit mourir (*bis*) son Jésus bien-aimé.

TREIZIÈME STATION.

Il est mort ! un ami sincère
L'a détaché de l'arbre de la croix ,
      Puis l'a placé devant sa mère
   A genoux (*bis*) et réduite aux abois.

QUATORZIÈME STATION.

De ce cher Fils on la sépare
Pour le placer dans la nuit du tombeau ,
      Nuit d'où bientôt comme d'un phare
   De la Foi (*bis*) va surgir le flambeau.

Du bon Jésus et de sa mère,
Hâtons-nous donc de répondre à l'appel
Montons souvent sur le Calvaire.
C'est par lui (*bis*) que l'on s'élève au ciel.

CANTIQUE

POUR LA BÉNÉDICTION.

O Ciel ! quel est donc ce bonheur ?
Devant nous paraît le Seigneur.
Pour tant d'amour, tant de faveur,
 Ne serai-je pas sensible,
Mon Dieu pour nous s'y rend visible.
  Chrétiens (*bis*), prosternons-nous,
Et devant lui fléchissons nos genoux.

Baissons , chrétiens , baissons les yeux
Devant cet astre radieux ,
C'est notre roi, le roi des cieux ;
 Bien que caché dans ce mystère.
C'est notre Dieu, c'est notre Père.
  Chrétiens (*bis*) dans ce beau jour,
Prouvons, prouvons-lui notre amour.

Quel cœur serait assez méchant
Pour n'être pas reconnaissant
Pour un bienfait si beau, si grand,
Sans quitter le séjour céleste,
Dieu devant nous se manifeste.
Seigneur, Seigneur, pour tant d'amour,
Je suis (*bis*) à toi sans retour.

Mais tel est le céleste arrêt,
Notre vouloir est sans effet,
Je dois ajouter à son bienfait,
　Si par son amour sublime,
Il ne nous sauve de l'abîme,
Seigneur, Seigneur, sois mon secours,
　Bénis, bénis-nous toujours.

SUR LE MÊME SUJET.

O ciel ! quel est notre bonheur,
Devant nous paraît le Seigneur ;
Pour tant d'amour, tant de faveur,
Pourrai-je n'être point sensible?
Mon Dieu pour nous se rend visible.
Chrétiens, chrétiens, prosternons-nous (*bis*),
Tombons, tombons tous à genoux.

PRIÈRES

à Dieu ou à la Sainte-Trinité.

A vous, mon Dieu, suprême Trinité,
Source de vie, éternelle clarté ;
C'est mon penser d'adresser ma supplique
Et réclamer un secours énergique
Contre Satan et ses déceptions,
Ses noirs pensers et ses suggestions.
Ecoutez-moi, sensible à ma prière,
Faites briller votre sainte lumière
A mon esprit qu'engourdit le péché,
Et de mon cœur sensiblement touché,
Epris d'amour pour votre sainte grâce,
Grâce ineffable à jamais efficace,
Fuiront le trouble et cet entraînement
Qui vers le mal me pousse sourdement ;
Et votre grâce énergique et puissante,
Satisfaisant à mes vœux, mon attente,

Je sentirai venir à moi la paix ,
Y prendre entrée , y régner désormais ;
Je sentirai , à ce doux et bon Maître ,
Combien il est heureux de se soumettre ;
Combien il est heureux de vivre en lui ,
De se tenir fixe sur son appui.
Et c'est à vous, Trinité bienfaisante ,
Que dans son calme, aise et toute contente ,
Mon âme enfin, en élevant sa voix,
Vient proclamer tout ce que je vous dois.

En février 1842, à la suite d'un trouble d'esprit où je me trouvais, je
suivais mes idées d'espérance et de foi, et me trouvant confirmé dans
mes vœux, il en résulta l'expression suivante :

Au Père, au Fils, gloire immense, éternelle,
A l'Esprit saint gloire encore immortelle,
Ce fut toujours dans les commencements,
Comme cela sera même au-delà du temps.

CANTIQUE

A NOTRE-DAME DE PÉNAFORT,

Composé au printemps de 1834.

Je te salue , ô Vierge tutélaire ,
Mère de Dieu , Refuge du pécheur,
Jette sur nous un regard salutaire ,
Et loin de nous écarte le malheur.

Nous croyons tous , sur la foi de nos pères ,
Que tu te plais en ce sauvage lieu ;
Et qu'ici-bas , propice à nos prières ,
Au même instant tu les offres à Dieu.

Du haut des cieux descends , Vierge céleste ,
En ce moment plane sur ce vallon.
Ecoute-nous, dans un concert agreste ,
Célébrer tous et ta gloire et ton nom.

20

Pour soulager le pauvre en sa misère,
De ton cher Fils daigne nous obtenir
Un doux regard sur les fruits de la terre,
Et de sa main qu'il veuille les bénir.

Loin de nos champs qu'il écarte la grêle,
De l'olivier le froid et les glacons,
Et qu'au besoin sa bonté paternelle
Veuille accorder la pluie à nos moissons

Reine des cieux, d'un oreille propice,
Ne cesse point d'ouïr le Callaisien ;
Près de ton Fils, Mère médiatrice,
De ton appui prête-lui le soutien.

Comme l'airain qui traverse la flamme,
De sa souillure est bientôt délivré,
Ainsi par toi chaque vœu de notre âme,
Offert à Dieu, se présente épuré.

Demande-lui, propice à leur demeure,
Qu'il veuille bien en écarter la mal ;
Et que leur corps jusqu'à sa dernière heure
Soit préservé d'un accident fatal.

Un grand fléau vient du fond de l'Asie,
Semant le deuil de climats en climats,
Et sans avoir ralenti sa furie,
Semble vers nous accélerer ses pas.

De ton cher Fils, empruntant la puissance,
Ah ! prends pitié de nous, Mère de Dieu !
De ce fléau garantis notre France,
Ou mieux encore, éteins-le dans tout lieu.

Des maux du corps si tous avec instance,
Nous te prions de préserver nos jours,
Combien pour l'âme, avec persévérance,
Devons-nous pas réclamer ton secours.

Elevons donc le cri de la détresse ,
Prosternons-nous aux pieds des saints autels ,
Là tous en chœur, disons, disons sans cesse :
Reine des cieux , prends pitié des mortels.

Du vieux péché pour effacer les traces ,
De son levain pour assainir les cœurs .
De Jésus-Christ puise au trésor des grâces ,
Et verse-les sur les pauvres pécheurs.

Canal de grâce et de miséricorde ,
De notre cœur calme les passions ,
Entre Français fais régner la concorde ,
La douce paix entre tes nations.

De notre Ciel dissipe les nuages ,
Unis les cœurs, rapproche les esprits ,
Et garde-nous de ces cruels orages ,
Qui , tant de fois, ont troublé les pays.

Dans tous les temps, par un regard propice,
Veille sur nous et dirige nos pas,
Tends-nous surtout une main protectrice
Dans le moment redouté du trépas.

Ne brise point les liens de la vie,
Epargne-nous des maux trop douloureux,
Avec pitié que ta main les délie,
Et rends ainsi ce moment moins affreux.

L'âme du corps est-elle séparée,
Nous t'en prions, sur elle veille encor;
Du paradis applanis-lui l'entrée,
Et vers son Dieu dirige son essor.

Dans cet instant où ce Dieu redoutable
Va de son sort décider pour toujours,
Plus que jamais à ses vœux secourable,
De ton appui prête-lui le secours.

20.

L'arrêt est-il conforme à ton attente,
Bonne Marie au séjour des élus,
Veuille guider cette âme encor tremblante
Pour y trouver le prix de ses vertus.

Là du bonheur dans la pleine assurance,
Notre âme unie au chœur des bienheureux,
Ne cessera, dans sa reconnaissance,
De t'exprimer son amour et ses vœux.

PRIÈRE

pour la fête de la Vierge.

Je vous salue , ô Vierge la plus pure ,
Du genre humain le salut et l'espoir,
Vierge impeccable, exempte de souillure,
Mère de grâce et son parfait miroir.

Salut , Marie , etoile rayonnante ,
Louange , honneur des habitants des cieux;
Du ciel suprême étoile dominante ,
Astre éclatant à jamais radieux.

Des affligés douce consolatrice ,
Visite-nous, porte-nous du secours ,
Tends-nous surtout une main protectrice
Dans le déclin de nos malheureux jours.

Dirige-nous à travers cet abîme,
Préserve-nous du chemin de l'erreur,
Et de ce lac de misère et de crime,
Sauve à jamais le malheureux pécheur.

Salut, Marie, ô rose printanière,
Toi de Jessé rejeton glorieux,
Pure, sans tache, ainsi que la lumière,
Qui du soleil resplendit à nos yeux.

Sois favorable à notre destinée;
De tout pécheur brise enfin les liens;
De ta famille à tes pieds prosternée,
Montre-nous donc que tu te ressouviens.

Mère de grâce et de miséricorde,
Embrase-nous de ton plus pur amour,
Feu favorable à celui qui l'aborde,
Et que des cieux nous éclaire le jour.

Lumière sainte à jamais bienheureuse,
Toi dont l'aspect est si doux et si pur,
Brille à nos yeux, étoile radieuse,
Comme un soleil dans sa route d'azur.

Reine des cieux , qui peux nous faire admettre
Au plus haut rang des habitants des cieux ,
Nous t'en prions, sollicite le Maître ,
Qu'il veuille bien accéder à nos vœux.

Salut, Marie, ô vierge secourable !
Prends en pitié le malheureux pécheur ;
Et dans un chant à jamais mémorable
Il chantera ta gloire et ton bonheur.

STANCES

Sur les différents âges de la vie.

Vers le declin de leur course
J'ai vu mes jours devaller,
Tel qu'un fleuve des sa source
Qui ne cesse de couler;
D'un œil calme mais moins ferme
De mes jours évanouis
J'en puis entrevoir le terme
Qu'autrefois je me promis

Malgré qu'il répugne à l'homme
De voir s'approcher l'instant,
Ou de son corps chaque atome
S'exhale en se séparant;
Quel est le temps de la vie,
Objet de mon souvenir,
Qui parut digne d'envie
Pour vouloir y revenir.

Parlerai-je de l'enfance,
Age que l'on dit heureux,
Ou l'on agit, on ne pense
Que par cas aventureux :
Des jeux auxquels il se livre
Rappellerai-je les temps ?
Vaut-il la peine de vivre
Pour faire encor les enfants.

Sur l'âge d'adolescence ,
Age de transition
Si je consulte et balance
La commune opinion ,
De son vœu que je partage ,
A tel point prévaut le poids,
Qu'assurément de cet âge,
Je ne saurais faire choix.

A mes sens lâchant la bride
De l'âge qui vient après ,
Si je prends le cœur pour guide ,
Je vais céder aux attraits;

C'est l'âge ou dans la nature
Tout sourit à notre espoir,
Champs, beaux arts et créature,
Comment ne pas s'émouvoir.

Mais l'homme est un être mixte
S'il agit par sentiment,
Il sait encor qu'il existe,
Pour que de son jugement
Il s'éclaire à sa lumière
Et sur lui reglant ses vœux,
Il puisse dans sa carrière
Marcher d'un pas moins chanceux.

D'un temps de peine et de charme,
De plaisirs et de regrets,
Convaincu que les alarmes
En depassent les attraits ;
Faut-il s'étonner par suite
Quand on voit le temps de loin
Qu'on renonce à sa poursuite
Tranquille et coi dans son coin.

De cette fièvre brûlante,
L'homme est encor aux élans ;
Des honneurs la soif ardente
Accourt subjuguer ses sens,
D'une place il fait la quête,
Richesse, rubans, honneurs,
Trottent saus cesse sur sa tête,
Et bouleversent son cœur.

Dans cette quête incertaine,
S'il satisfait son désir
Peut-il dire que la peine,
En vaut moins que le plaisir ;
Le cas, je crois, serait rare,
Fréquents en sont les aveux
D'un joujou l'enfant se pare
Tout fier et tout orgueilleux.

Sur leur brillante bannière,
Les yeux fixes et arrêtés
Exposé dans leur ornière,
Pour atteindre à ses cotés ;

Aux dégoûts de toute sorte
Qu'il me faudrait devorer,
Irai-je de porte en porte
M'avilir pour m'honorer.

Hâtant sa course rapide,
Bientôt le temps sur nos fronts
Imprimant un nouveau ride,
En creusera les sillons,
Dans cette nouvelle voie,
Chemin de destruction,
Plus de fêtes, plus de joie,
Là finit l'illusion.

Mais quoi tout à coup mon âme,
Qu'en moi le cœur avertit,
Craint d'avoir versé le blame
Sur l'œuvre du Grand–Esprit ;
En effet je suis coupable
Envers notre créateur,
Je n'ai déroulé sur table
Que la carte du malheur.

Sans prétendre au sort de l'ange
Pur esprit, comme leur Dieu,
L'homme dans son corps de fange,
De se plaindre n'a point lieu :
Qu'était-il avant de naître
Un projet du créateur,
Que fut-il recevant l'être,
Ce qu'il plut à son auteur.

Du bien du mal dans la vie
Sur nous s'il permit l'accès,
A sa sagesse infinie,
L'homme intentant un procès,
Dira-t-il, par la matière
Les yeux à demi-couverts,
Que Dieu créant la lumière,
N'avait pas les yeux ouverts.

Dans le dessein téméraire
D'aborder la vérité,
Qu'un autre de ce mystère
Fouille dans l'obscurité,

Pour nous, qu'une telle audace
Ne saurait point émouvoir
Heureuse serait la place
Où nous pourrions l'entrevoir.

A travers cette nuit sombre
Qui s'étend de toute part
Une lueur dans son ombre
Vient de frapper mes regards ;
A l'étincelle qui brille
Parfois dans l'obscurité ;
Mon œil, je crois, se désille,
Je crois voir la vérité.

Du bien, du mal à chaque âge
Si Dieu voulut départir,
Sans doute par ce partage,
Qu'il voulût nous avertir :
Par le mal, que cette vie
Ne doit point borner nos vœux ;
Par le bien, objet d'envie,
Q'au ciel nous sommes heureux

Le bonheur est une chimère,
A la chercher si l'homme espère,
Il ne saisit qu'une vapeur
      Légère
Qui lui dévoile de son cœur
      L'erreur.

A peine sa bouche respire,
Qu'il gémit, pleure ou soupire
Au lait que sa lèvre en suçant
      Aspire.
Les pleurs des yeux vont se mêlant
      Souvent.

PARAPHRASE

de l'Épître de saint Paul, sur la Charité.

Mes Frères, si d'un homme aussi prudent que sage
Ou des anges du ciel j'empruntais le langage
Sans que j'eusse rendu le don de charité,
Je devrais m'égarer loin de la vérité.
Il serait tout au plus tel que l'airain sonore,
Dont le bruit dans les airs à l'instant s'évapore.

M'élançant d'ici bas du monde matériel,
Aurai-je pénétré les mystères du ciel ;
Posséderais-je aussi le don de prophétie,
Pleinement à mes yeux serait-elle éclaircie
Par les faveurs d'en haut, la force de ma foi.
La montagne ébranlée, en cédant à ma voix,
Aurait-elle porté quélque autre part sa masse,
Si de la charité le ciel ne me fait grâce ;
Si je l'ai rejetée, je ne suis qu'un néant,
Un malheureux perdu, pire qu'un mécréant.

Aux pauvres délaissés, de toutes mes richesses,
Aurais-je vu la fin, par mes grandes largesses,
Aurais-je enfin livré, jusqu'à mon propre corps,
Pour qu'il soit flagellé, qu'il souffre mille morts.
Si de la charité, je n'ai le don propice,
Je perds toute la grâce due à mon sacrifice.

La charité, jamais n'exalte son courroux,
Un charitable esprit ne peut être jaloux ;
La charité, toujours patiente, bénigne,
Sans autre antécédent se révèle à ce signe ;
Jamais elle n'agit ou pense par orgueil.
Toujours portée à faire un gracieux accueil,
Ne pense point au mal, ne fait rien par colère,
Dédaigneuse des biens estimés sur la terre,
Elle ne connaît pas ces mots ; le tien, le sien,
Et se montre en tout temps prodigue de son bien.

Tranquille en elle-même, avisée et prudente,
Réprime en peu de mots sa langue médisante,
Applaudit à tout bien, à toute vérité,
Supporte tout, croit tout dans sa tranquillité ;
Espère tout d'en haut, et dans son espérance,
Donne en tout et partout preuve d'obéissance.

La prophétie aura son accomplissement ;
Les langues cesseront, la science également.
La charité, jamais ; elle est impérissable.
Telle est la loi de Dieu : toujours juste, équitable.
Mortels, notre savoir est encor imparfait,
Le don de prophétie aussi bien incomplet ;
Mais, enfin, il viendra, ce temps où la science
Et la grâce du ciel banniront l'ignorance.

Jeune encor, j'agissais souvent comme un enfant ;
Plus tard, par un vouloir, soutenu triomphant,
Je quittais ces pensers qu'inspire le jeune âge
Et crus de ma raison avoir donné le gage.
Ainsi, l'homme ici-bas parvient à ne rien voir,
Qu'à travers un faux jour, ou comme en un miroir ;
Mais au temps où Dieu même enlèvera le voile
Et montrera son front brillant comme une étoile
Où se dévoileront, pour nos yeux satisfaits,
Sa nature, son être ; enfin, tous ses secrets.
Il me sera donné d'obtenir une place
Où je pourrai la voir à jamais face à face.

Je ne connais, mon Dieu, dans mon aveuglement
Que comme en un énigme et qu'imparfaitement :

Mais au temps qui viendra, fixé par sa sagesse,
J'irai, armé vers lui d'une sainte hardiesse,
J'irai le contempler et le connaître, lui,
Comme je suis connu de lui-même aujourd'hui.

La charité, la foi, la riante espérance,
Vertus, filles du ciel, dons de la Providence,
Sont l'assile assuré des mortels aux abois;
Mais s'il est dit quelle est la meilleure des trois,
Je dirai aussitôt, avec pleine assurance :
La charité mérite en tout la préférence.

AVIS

Aux Visiteurs du Cimetière de Callas.

CHRÉTIENS, ne craignez pas de visiter ce lieu ;
Venez, il est bien vu des yeux même de Dieu ;
Venez, il est bien vu ; venez le voir sans crainte
Des sentiers tous frayés divisent son enceinte ;
Suivez-les lentement, c'est le champ de repos
Propre pour suggérer des bons et saints propos.

Mais, pour vous disposer à suivre votre idée,
Par la réflexion qu'elle soit précédée.
Lisez dans ce qui suit et dans les vers suivans,
Vous trouverez matière à des pensers fervents.

L'homme vit aujourd'hui, mais vivra-t-il demain ?
Et de ce jour, peut-être attendra-t-il la fin ?
O dureté du cœur ! ô pauvre race humaine !
Penser à sa fortune et soigner son domaine.

Voilà son but, sa tâche, et d'un prochain trépas,
Repousse la pensée, ou ne s'occupe pas.
Mourir, il le faut bien; s'il est heureux de vivre,
Est-ce pour s'occuper d'un bien qui nous enivre?
Non, non, c'est pour aller vivre à jamais en Dieu,
Prendre rang à son tour dans le céleste lieu;
Mais pour y parvenir, est-ce à travers la route
D'un cœur indifférent, où l'abîme du doute
Chemin perdu, chemin dont le but est sans port,
Chemin d'illusion de l'éternelle mort;
Pensez donc à la mort, vous chrétiens catholiques,
Et fuyant de la foi les chemins excentriques,
L'orgueil de tout juger au poids de la raison,
Ralliez-vous de cœur à la religion.
Pensez, pensez surtout que notre vie est brève,
Qu'elle nous fuit, ainsi que fait un rêve,
Et que le Fils de l'Homme, arbitre du trépas,
A vous viendra le jour que vous n'y pensez pas;
Combien, lorsqu'il viendra heurter votre demeure,
Et qu'il signalera qu'il est temps que l'on meure,
Vous gémirez d'avoir mal fait votre devoir.
Allons, ranimez-vous, animez votre espoir,
Suivez la loi de Dieu, suivez son ordonnance,
Et Dieu vous donnera le ciel pour récompense.

PRIÈRE POUR LES AMES DU PURGATOIRE,

placée dans le porche du Cimetière de Callas.

SEIGNEUR, Seigneur, exaucez ma prière,
Écoutez-moi, prenez pitié du sort
De nos parens, moissonnés par la mort.
De nos amis au bout de leur carrière.
Non introduits dans le céleste port.
Par Jésus-Christ, rédempteur de leurs âmes,
Par son sang pur, versé quoiqu'innocent,
Du purgatoire, amortissant les flammes,
Adoucissez leur pénible tourment ;
Admettez-les à ce bonheur suprême
De vivre en vous, éternelle clarté,
Et contemplez en votre essence même
Le bien parfait, centre de vérité ;
Pour qu'à leur tour, dans leur reconnaissance
De leur bonheur d'être admis dans les cieux,
Ils veuillent bien prier dans l'espérance
Qu'un jour unis tous en ces mêmes lieux.
Nous puiserons au gré de notre envie
Le céleste bonheur aux sources de la vie.

DU RORATE COELI DESUPER.

PAR le feu du péché sur la terre embrasée,
Cieux, répandez d'en-haut votre douce rosée,
Et vous entrouvez-vous, nuages radieux,
Pour livrer le passage à l'envoyé des cieux,
Au juste désiré, l'ineffable Messie
Promis à nos aïeux dans mainte prophétie.

Ne laissez plus, Seigneur, éclater contre nous
Et contre nos pechés votre juste courroux;
Cédez plutôt, Seigneur, cédez à nos instances,
Et mettez dans l'oubli pour toujours nos offenses.
Voyez, voyez plutôt votre sainte cité
Livrée à l'abandon, à la captivité;
Considérez Sion, cette ville si sainte;
Un silence absolu règne dans son enceinte.

Cette Jérusalem, cité de notre choix,
Que de tant de bienfaits vous comblâtes autrefois
Cette maison de paix, de gloire, de lumière;
Voyez, elle n'est plus que ruine et poussière
    Par le feu du péché : RORATE.

Nous nous reconnaissons, mon Dieu, pour des pécheurs.
Nous tenons que satan a perverti nos cœurs.
Nous nous sommes laissés emporter par sa rage
Comme la fleur des champs qu'a détaché l'orage.
Alors, de notre amour non sans raison jaloux,
Vous avez détourné votre face de nous,
Et puis, de plus en plus, voyant notre malice,
Vous nous avez laissé courir au précipice
    Par le feu du péché : RORATE.

Du peuple, si longtemps votre dilection
Considérez enfin qu'elle est l'affliction.
Envoyez-lui bientôt cet envoyé céleste
Qui doit le retirer de son bouclier funeste
Envoyez-lui bientôt l'ange dominateur

Et de l'homme déchu le saint libérateur
Qu'il vienne, de satan qu'enfin il nous redime,
Et l'enferme à jamais dans le fond de l'abîme
    Par le feu du péché : RORATE.

    Soyez, soyez sans crainte, ô mon peuple choisi,
De mon pouvoir jamais je me suis désaisi;
Consolez-vous mon peuple en l'heureuse assurance
De voir bientôt le jour de votre délivrance;
Le jour où le Seigneur daignant vous visiter
Viendra comme un mortel ici-bas habiter :
Pourquoi livrer ainsi votre cœur aux alarmes,
Pourquoi ces cris plaintifs, pourquoi verser des larmes?
Ne suis-je pas ton Dieu, ton souverain seigneur,
N'est-ce pas moi, Jacob, qui suis ton rédempteur ?
Ne suis-je pas toujours l'auteur de toute grâce,
Le vengeur d'Israel, le tuteur de sa race
    Par le feu du péché : RORATE.

DU TE DEUM LAUDAMUS.

Louons et chantons le Seigneur,
Louons Dieu notre Créateur.
De l'univers il est le Père,
Toute la terre le vénère.
Dans un élan religieux,
Toutes les puissances des cieux ;
Les Séraphins avec les Anges,
Les Chérubins et les Archanges
Proclament tous à haute voix :
Saint, saint, saint, est le Roi des rois.
Les cieux sont remplis de ta gloire,
La terre exalte ta victoire.
Des Apôtres les chœurs glorieux ;
Des Prophètes les chœurs nombreux ;
Des Martyrs la troupe nombreuse
Chante la troupe glorieuse.

L'Eglise partout l'univers
Chante ton nom dans ses concerts.
Elle exalte en toute la terre
La majesté de Dieu le Père.
Son Fils unique, notre Pasteur.
Et l'Esprit-Saint consolateur.
O Jésus-Christ, seul Roi de gloire,
Le seul Maître de la victoire.
Vers le seul Fils de l'Eternel,
A sa voix descendu du ciel.
Pour revêtir notre nature
Dans le sein d'une Vierge pure.
Vous avez surmonté la mort
Et du ciel nous a ouvert le port.
Dans le céleste sanctuaire,
Assis auprès de votre Père,
Vous viendrez un jour dans les airs
Juger cet immense univers.
Alors, bienheureuse victime,
Ne nous imputez point de crime.
Sauvez-nous tous par votre sang
Et des Saints placez-nous au rang.
Nous sommes, Seigneur, votre race ;
Bénissez-nous par votre grâce.
Sauvez votre peuple, Seigneur ;
Bénissez votre serviteur.

Admettez-nous dans le ciel même
Près de votre trône suprême.
Et là nous chanterons en chœur :
Béni soit le nom du Seigneur.
Qu'il règne partout sans partago
Et qu'il soit béni dans tout âge.
Seigneur, Seigneur, plus de courroux ;
De votre main absolvez-nous.
Et que votre pitié s'étende
Sur tout pécheur qui la demande.
J'espère en vous, absolvez-moi.
Et ne confondez pas ma foi.

CANTIQUE

DE SAINT ZACHARIE.

Béni soit le Dieu secourable
Qui, dans ce jour si mémorable,
Vient enfin pour nous visiter
Et du péché nous racheter.

Pour David, par spéciale grâce,
Il a fait sortir de sa race
Le Rédempteur qui doit enfin
Soumettre à Dieu le genre humain.

Ce fut ainsi que sa sagesse
Nous en confirma la promesse,
Quand il nous parla par la voix
De ses prophètes d'autrefois.

Alors il annonça d'avance
Qu'un jour il tirerait vengeance
De tous les maux sur nous commis
Par nos perfides ennemis.

Par un sentiment bénévole,
Alors il donna sa parole
Qu'il remplirait au jour venu
Le pacte avec nous convenu.

Selon le serment efficace
Qu'il fit au chef de notre race,
Abraham, père des croyants,
Il visite enfin ses enfants.

Désormais, bravant la puissance,
D'un ennemi plein de vengeance,
Sans crainte d'un nouveau malheur,
Nous pourrons servir le Seigneur.

Nous le servirons sans malice
Et selon sa sainte justice ;
Nous marcherons tous devant lui
Et lui seul sera notre appui.

Et toi, le sujet de ma joie,
Qui viens lui préparer la voie,
Enfant, tu seras du Seigneur,
Appelé le saint précurseur.

Du salut et de sa doctrine,
Prêchant la parole divine,
Tu ramèneras Israël
Au service de l'Eternel.

Satisfait de sa pénitence,
Ouvrant son cœur à l'indulgence,
Alors Dieu nous pardonnera
Et nos péchés nous remettra.

Au milieu de nous pour se rendre,
Du haut des cieux daignant descendre,
Il vient enfin nous visiter.
Et dans nos maux nous assister.

De la mort et de ses ténèbres,
Dissipant les ombres funèbres,
Il nous éclaire et vers la paix
Il guide nos pas désormais.

Au Père, au Fils, gloire éternelle.
A tous les trois gloire immortelle.

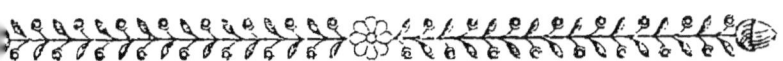

HYMNE DES MARTYRS.

Dieu protecteur de tes martyrs ;
Toi qui seul combles leurs désirs,
Ecoute nos chants d'allégresse,
Du péché garde-nous sans cesse.

Seigneur, secouru par tes dons,
Le martyr que nous honorons,
D'ici-bas dédaignant les joies,
Par là du ciel s'ouvrit les voies.

A ses sens livrant maints combats,
Il résista jusqu'au trépas :
De son sang scellant sa victoire,
Des saints il partage la gloire.

Du martyr, patron de ces lieux,
Auguste et puissant roi des cieux,
De nos péchés à sa prière,
Fais-nous rémission entière.

Louange, honneur au Créateur,
Gloire à son Fils, notre Sauveur,
Au Saint-Esprit gloire éternelle
A tous les trois gloire immortelle

FIN.

TABLE

DES

OPUSCULES RELIGIEUX ET POÉTIQUES.

FIN DE LA TABLE.

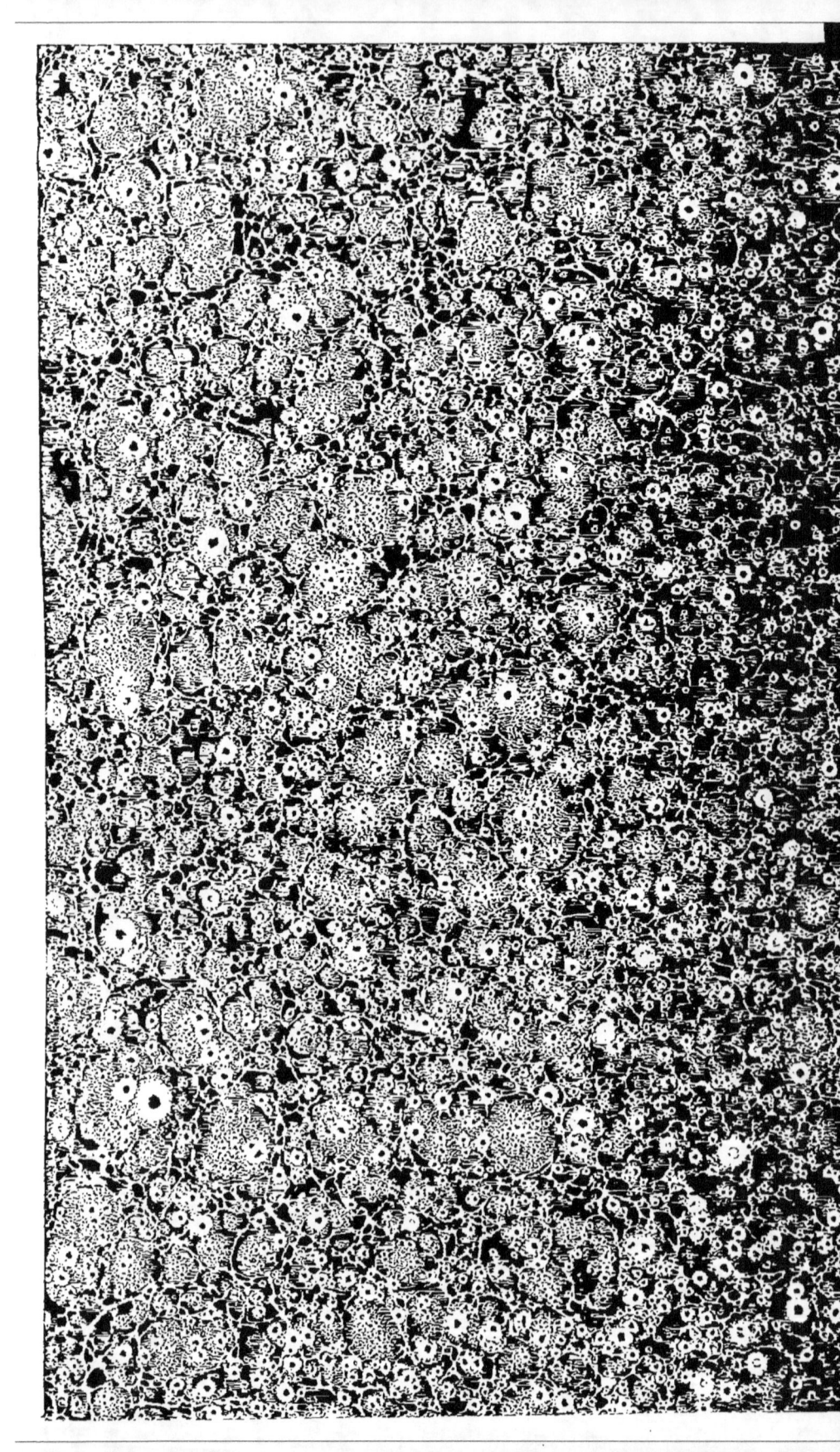

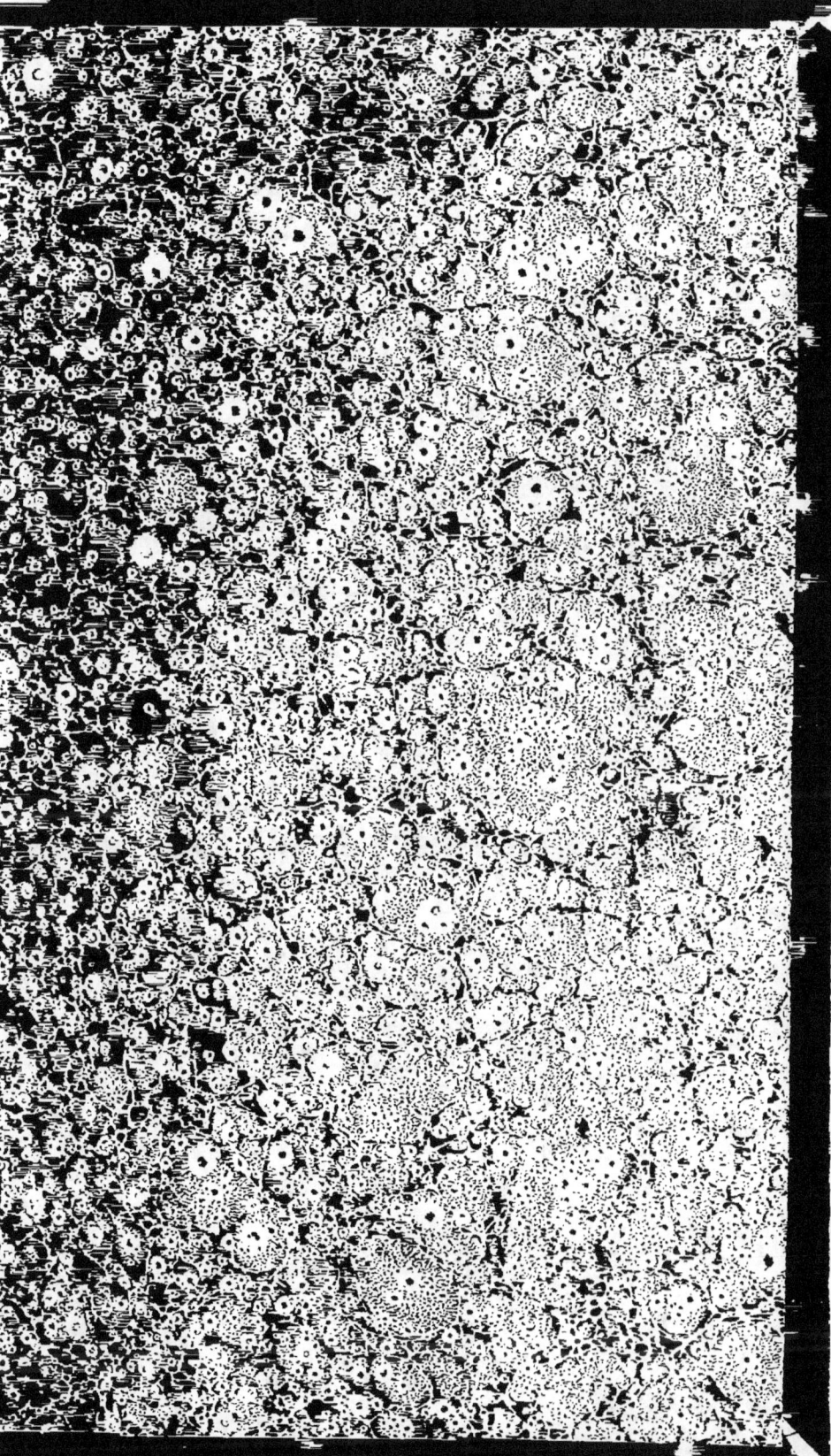